La petite marchande de vermicelles

La collection *l'Aube poche*
est dirigée par Marion Hennebert

Du même auteur, aux éditions de l'Aube :
La fille du fleuve, 1998 (recueil collectif)

ISBN 2-87678- 618-4

Nguyên Quang Thiêu

La petite marchande de vermicelles

traduction du vietnamien
revue par Janine Gillon

éditions de l'aube

Préface

La plupart des nouvelles de ce recueil sont traversées par le fleuve Day. Il coule, large et majestueux, témoin impassible de la folie des hommes, de leurs difficiles bonheurs, de leurs petites et grandes misères ; parfois, il gronde, menaçant, terrible… mais les petits d'hommes auront raison ce jour-là de sa colère et le soleil finira par se lever pour eux, avec la plus merveilleuse des promesses de l'aube… La raison en est simple : ce fleuve traverse le petit village de Ha Dong, et c'est dans ce village, où il est né il y a à peine quarante ans, qu'habite toujours, fidèle et complice, l'écrivain Nguyên Quang Thiêu, l'auteur de ces nouvelles.

Nguyên Quang Thiêu travaille à Hanoi où il est journaliste, mais il vit et écrit à Ha Dong ; un devin lui a prédit que si un jour, il quittait son village natal, il deviendrait grand mandarin, mais que son inspiration littéraire se tarirait… Alors, Nguyên Quang Thiêu n'a pas hésité : être un grand mandarin ne le tente guère, quant à ne plus écrire…

Il est vrai que c'est dans son village (Ha Dong n'est qu'à une dizaine de kilomètres de Hanoi, mais c'est la campagne profonde ; rien à voir avec la banlieue de nos villes occidentales) et dans les villages alentour qu'il puise son inspiration. La vieille Nhim, il l'a rencontrée lorsqu'il était écolier : « elle marchait pliée en deux », m'a-t-il dit, et en riant il a traversé ma chambre, son corps d'homme jeune et vigoureux faisant un angle droit, pour mimer la démarche de la vieille aux cheveux blancs… La petite marchande de vermicelles, il l'a croisée au marché du village voisin où il était lycéen (d'ailleurs, lorsqu'elle fait signe au jeune narrateur, ne l'appelle-t-elle pas « Thiêu » ?) Quant à la Fille du fleuve, c'est la mère de l'écrivain qui lui en a conté la douloureuse histoire...

Nguyên Quang Thiêu aime les gens de son village ; leur vie, leurs rires ou leurs larmes le passionnent et le fascinent. « Je crois que je ne saurais pas parler des gens de la ville, avoue-t-il ; c'est pour cela aussi que je préfère rester dans mon village. »

Ces jours-ci, il est très occupé : il travaille à sa nouvelle maison et il voudrait tellement qu'elle soit terminée pour le Têt. Il l'a fait construire à quelques mètres seulement de celle qu'il habite actuellement avec sa femme et ses deux enfants et qu'il trouve un peu trop exiguë (elle fait douze mètres carré !)

Sa résolution de ne pas quitter son village natal se confirme donc : pour notre plus grand bonheur de lecteurs, puisse Nguyên Quang Thiêu respecter la prédiction du devin, et nous donner longtemps encore, des nouvelles du fleuve Day.

Janine Gillon
Hanoi, quelques jours avant le Têt, 1998

J'aimerais remercier tout particulièrement ici madame Dô Phuóng Mai qui non seulement a traduit quatre nouvelles de ce recueil, mais qui, surtout, a eu le mérite de nous faire découvrir Nguyên Quang Thiêu en français dès 1995, avec son excellente traduction de « Combien de Banh Chung pour le Têt », puis en 1996 avec celle de « La fille du fleuve ».

J. G.
Paris, mars 1998

La petite marchande de vermicelles

Thi Tran nhung cây bang

Quand je songe à ce petit village, ce que je revois en premier, ce sont les badamiers. Des badamiers écimés. Pourquoi diable tous les arbres de ce village avaient-ils ainsi perdu la tête ? Personne n'en a jamais rien su.

C'est un tout petit village, avec juste une rangée de badamiers le long de la rue principale ; quand vient l'hiver, les feuilles prennent une belle teinte rouge sombre, puis elles se dessèchent et meurent. Je garde surtout le souvenir de deux de ces arbres, tous les deux courbés sous le poids des ans : sur le premier pendouillaient des pneus de bicyclettes et des roues de charrettes fatiguées ; le second était au milieu du bourg et on y avait suspendu une bombe désamorcée et vidée, qui jadis servait de gong lors des alertes. Pendant la guerre, en effet, une ligne de raids aériens passaient à proximité du village, mais une seule et unique bombe est venue se perdre jusqu'ici, et elle n'a pas explosé. Les gens du village étaient morts de peur… Aussi, en attendant que ceux du Génie arrivent pour désamorcer la bombe, sans avoir eu besoin de se donner le mot, ils avaient tous pris la poudre d'escampette !

Bien sûr on a démonté l'engin et on l'a vidé de sa charge explosive, mais alors, le Comité populaire a insisté pour que la bombe reste au village : elle ferait un fameux gong ! Hélas, le pauvre bougre chargé de sonner l'alerte a eu très vite des cheveux blancs. À chaque annonce de raid, lorsqu'il devait donner des coups de dent de herse sur la bombe, il fermait les yeux, terrorisé à l'idée que l'engin allait lui exploser au nez.

Il y a bien longtemps maintenant que la bombe ne sert plus à rien : elle est toute rouillée et on y fourre des vieux chiffons, des peaux de bananes, des vieux emballages de biscuits ou des paquets de cigarettes vides.

Lorsque j'étais encore au lycée, il m'arrivait souvent de flâner le soir, dans le village. Un village qui ne comportait qu'une seule rue pavée, éternellement souillée de bouses de vaches séchées qu'une averse avait détrempées ; je longeais cette rue, puis je descendais vers le marché au bord du fleuve. Il était toujours un peu assoupi, le petit marché de ce bourg perdu ; l'après-midi, on n'y voyait que quelque rare mercière, deux ou trois épicières et une marchande de vermicelles frais.

Et c'est elle, la petite marchande de vermicelles, qui s'empressait dès qu'elle m'apercevait zigzaguant entre les étals, les mains dans les poches de mon pantalon bleu délavé, trop large : « Un peu de vermicelles aujourd'hui ? » Elle n'attendait pas ma réponse, elle ramassait ce qui restait et qui, déjà, répandait une petite odeur aigrelette ; elle fourrait le tout dans une feuille de bananier, sans oublier le petit sachet de sauce crevette aussi noire que la boue du village et dont le parfum si fort vous tournait la tête. Pour nous autres, pensionnaires dans ce village, enfants pauvres, les vermicelles arrosés de sauce crevette constituaient de véritables festins. J'avais pris l'habitude d'en acheter à cette jeune femme ; elle était très belle avec sa peau mate et ses longs cheveux soyeux ; elle s'était mariée à la fin de ses études secondaires – "j'ai épousé cet homme le plus naturellement du monde : il avait été blessé à la guerre, il avait une voix étrange, je l'ai aimé, je l'ai épousé". L'homme venait de Thuan Hai ; après sa blessure (il avait été amputé d'une jambe), on l'avait évacué vers le nord, dans un hospice tout près du village. Ils se sont rencontrés, une fois, puis une autre fois ; ils se sont plu... Alors, il a demandé à un cadre du Comité populaire de l'accompagner chez elle, pour demander sa main. Elle a dit oui.

— C'est une chose étrange que l'amour, dit-elle en souriant. J'aime tout de mon mari. Même sa prothèse ! Une éraflure sur sa prothèse et j'ai mal, comme si c'était ma propre peau qu'on écorchait.

À l'époque où j'ai fait sa connaissance, elle avait déjà eu un premier enfant, mais il était mort, disait-on, peu après sa naissance. J'ai appris, plus tard, qu'en réalité cet enfant était mort-né. Mais je n'ai jamais entendu la petite marchande de vermicelles se plaindre. Puis elle a été enceinte une seconde fois. Cette grossesse l'avait épanouie, elle était merveilleusement belle.

— Cette fois-ci, me dit-elle, c'est un fils que je donnerai à mon mari !

Presque au terme de sa grossesse, elle vendait encore ses vermicelles au marché ; et lorsqu'elle en avait terminé avec ses vermicelles, elle récupérait les emballages vides et les bagasses qui traînaient à terre, puis elle allait jusqu'au village, ramasser des bouses sèches. Si je la croisais alors, elle souriait :

— Ça brûle bien ! Ça réchauffe, l'hiver... À l'époque où je vais accoucher, il fera froid.

Au bout d'un certain temps, je suis retourné au marché. Oh, pas pour acheter des vermicelles ! pour prendre des nouvelles de ma petite marchande, pour savoir...

— Pour la deuxième fois, Dieu ne m'a pas exaucée ! me dit-elle d'une petite voix triste. Elle avait les larmes aux yeux. Le bébé n'a pas voulu vivre avec nous : à peine était-il né, qu'il nous quittait déjà ! Il n'a pas même pris le temps de pleurer pour nous dire bonjour...

J'étais comme hébété, là près de son étal. Je me suis assis à côté d'elle avec un soupir. J'aurais voulu la consoler, mais je ne trouvais pas les mots. Sa voix à elle se fit alors presque enjouée :

— Mais je ne suis pas désespérée pour autant, mon petit ! Si Dieu me laisse en vie, je ferai un autre bébé. Aussi longtemps que je serai femme, je ferai tout pour mettre au monde un enfant.

Tout en disant cela, elle ramassait les derniers vermicelles déjà un peu desséchés qui collaient au fond du panier, et bien sûr elle n'oublia pas la sauce crevette.

Moi, j'étais sans force ; je lui dis au revoir. Il me fallait fuir ce marché, le plus vite possible. Fuir... mais pour aller où ? jusqu'au bourg ? L'odeur des bouses, le parfum de la sauce crevette, cette histoire de bébés morts... j'étais assommé comme après une insolation.

L'enfant dans son ventre grossissait un peu plus chaque jour, et en même temps, le bonheur illuminait le visage de la petite marchande de vermicelles. Quand son ventre s'arrondit au-dessus du panier, je n'osai plus la regarder. J'allais au marché très tôt le matin, je me mêlais à la foule des clients, pour l'observer en douce. Ses traits étaient un peu tirés mais elle avait toujours ce sourire magnifique et elle emballait toujours sa marchandise avec la même vivacité pleine de grâce.

Un jour, je traversais le village... quelqu'un m'appelle :

— Thiêu ! Hep, Thiêu !

Je me retourne. C'était elle.

L'idée de la rencontrer m'effrayait. J'aurais voulu me sauver.

— Thiêu ! Arrête-toi ! J'ai quelque chose à te demander.

Mon Dieu ! Impossible de m'esquiver. Elle avance péniblement vers moi :

— Pourquoi tu ne viens plus jamais m'acheter des vermicelles ? Tu ne les aimes plus ? Ils ne sont pas bons ?

— Non, mais... je...

— Si tu n'as pas d'argent, je te ferai crédit. Bah ! je ne te ferai même pas payer ; après tout, tu en prends si peu... quelques brins, pas des tonnes !

— J'ai beaucoup de travail... c'est bientôt les examens...

— C'est bien. Travaille bien et réussis tes examens ! Ce sera une belle récompense pour tes parents et tes professeurs. Moi, tu vois, je suis enceinte pour la troisième fois.

— Pourquoi vous n'arrêtez pas de travailler ? De venir au marché, comme ça, tous les jours ?

— Mais je suis en pleine forme ! Et plus je gagnerai d'argent, plus j'en aurai pour mon accouchement.

Je retins un soupir et je jette un coup d'œil dans son panier :

— Pourquoi ramassez-vous encore des bouses fraîches ? C'est bien trop lourd pour vous.

— Je vais les étaler dans la cour pour les faire sécher. On n'en trouve pas de sèches à cette saison.

Cette nuit-là, ma lampe est restée allumée très tard... mais je n'ai guère étudié pour autant. Et ensuite – il est vrai que j'avais beaucoup de travail, mais il est vrai aussi, que j'avais surtout très peur de rencontrer ma petite marchande – je ne suis plus retourné au marché, je n'ai plus acheté de vermicelles.

Les examens terminés, je suis rentré à la maison. À chaque fois qu'un marchand de vermicelles passait devant chez moi, quand j'entendais son cri, mon cœur se serrait : mélange de crainte et de pitié pour la pauvre jeune femme, là-bas ?

Au bout de quelques mois, j'ai dû retourner au lycée pour une formalité. Je me suis rendu au marché : il fallait que je sache où ELLE en était ! J'ai rabattu les bords de mon chapeau pour cacher mes yeux et j'avançais sans lever le nez, toujours masqué par un passant. Plus de six mois déjà, depuis notre dernière rencontre... Si le bébé était né, il devait avoir cinq ou six mois... Mon cœur battait comme celui d'un malfaiteur à son premier coup.

Et... ELLE était là ! Avec son éternel et si joli sourire, elle attrapait, enveloppait, tendait les vermicelles avec toujours autant de grâce. Mais, soudain... Mon Dieu ! Son ventre est tout rond, qui dépasse le panier ! Je ne vois plus rien, je tremble comme une feuille et des larmes me viennent aux yeux. Sans regarder ni devant, ni derrière, je me sauve ce maudit marché, en courant comme un fou. Pour la troisième fois, elle a donc connu un échec et elle en est aujourd'hui à sa quatrième grossesse. Comme un automate, j'ai pédalé jusqu'à mon village. Les jours qui suivirent, sa voix résonnait sans cesse dans ma tête : « Je dois mettre au monde un enfant. Dieu a voulu que je sois une femme, Il m'a faite pour avoir un enfant. »

Les années passèrent… J'aurais bien aimé retourner à mon ancien lycée, rendre visite aux gens chez qui j'avais été en pension là-bas. À cause d'ELLE, je n'en ai jamais eu le courage. Mais un jour, ce fut plus fort que moi : le souvenir que j'avais gardé de la petite marchande de vermicelles ramena mes pas vers le village aux badamiers sans têtes.

Avant d'oser pénétrer dans le marché, je m'arrête dans une échoppe de thé toute proche. Le village a bien changé, mais la bombe est toujours à la même place ; on ne voit plus le fil télégraphique qui la fixe au vieux badamier, il est complètement enfoui sous l'écorce. Sur la bombe, on peut lire maintenant : « Ici, on sert 7 plats de chien. » Ce n'est qu'après ma troisième tasse de thé, qu'enfin je me décide à interroger la patronne. Elle me dévisage longuement, puis :

— Il doit y avoir belle lurette que vous n'êtes pas venu dans les parages, dit-elle ; cette dame est morte.

— Morte ?

Mes yeux, déjà, sont pleins de larmes.

— Oui. Lorsqu'elle a accouché. C'était la cinquième fois !… Mais on a réussi à sauver l'enfant. Pauvre femme… Dieu lui a donné cet enfant, mais, en échange, il lui a pris la vie.

C'est le cœur en mille morceaux que je suis retourné au village. Là-bas, de l'autre côté de la digue, le fleuve se perd dans la mer… il fait nuit quand j'arrive. Je laisse tomber mon vélo sur la digue et je m'assois dans l'herbe. Les premières étoiles s'allument dans le ciel : je les regarde et je dis à voix basse : Chère, chère Tam… Quel destin misérable tu as connu ! Mais je comprends ton obstination : ce que tu considérais comme ton devoir, c'était de donner la vie. Hélas, il arrive parfois que la vie naisse de la mort. Oh ! ma petite sœur bien-aimée, laisse-moi m'incliner devant ton âme si généreuse.

Traduction : Dô Phuóng Mai

La fille du fleuve

La nuit est tombée maintenant. Une barque mouille au milieu du fleuve, et le feu allumé à l'intérieur de l'habitacle, jette un doux halo de lumière sur l'eau. Les habitants du hameau, autour du débarcadère Chua, ne savent rien de ceux qui vivent sur cette barque, ancrée là depuis plus d'un mois : d'où viennent-ils, où vont-ils, qui sont-ils ? Chaque jour, on les voit puiser du sable pour aller le vendre aux habitants du bourg, à ceux qui construisent des maisons, là-bas de l'autre côté du fleuve... Ils ne descendent jamais à terre ; ils portent le sable sur la tête, et le déchargent au débarcadère. À peine mettent-ils le pied sur la terre ferme. Pour voisins, ils ont les autres barques, celles des pêcheurs, celles des transporteurs. Le maître à bord est un vieil homme : soixante ans environ, de longs cheveux roulés en chignon, une barbe blanche qui couvre presque entièrement sa poitrine, des épaules brunes musclées et marquées comme le garrot d'un buffle. Un corps qui semble taillé dans le roc... mais au fond des yeux, une immense tristesse, l'air perdu de celui qui est déjà ailleurs.

C'est lui, Luong, il est assis à la proue sur le plancher de bois, immobile, à côté d'une calebasse remplie d'alcool ; un alcool qu'il a distillé lui-même et où macèrent des tubercules de *souchet* racornies et noires. Devant lui, il y a une assiette de poisson grillé et un panier avec des moules de rivière au gingembre, cuites à la vapeur. Comme chaque soir, il reste là, très tard dans la nuit, touchant à peine à la nourriture... il ne rentre à l'intérieur de l'habitacle que lorsque la tempête fait rage.

— Fils aîné !

L'écho de sa voix grave rebondit sur l'eau.

— Oui, Père ? Que veux-tu ?

— Demain, pas de travail. Au coucher du soleil, nous irons à Bai-Yen. Dis à ta femme de tout préparer !

Il n'a pas bougé. Ses grands yeux fixent l'horizon.

Et le lendemain, ils vont tous à Bai-Yen. C'est un bras du fleuve, large et calme, qui contourne une chaîne de montagnes calcaires. C'est là, tout au fond du fleuve, que repose sa femme... Depuis plus de dix ans déjà. Le fleuve a charrié beaucoup d'eau vers la mer et l'homme a connu bien des tourments depuis cet été-là. C'était un terrible été d'épidémie et de famine. Au long des rives, on n'entendait que la mélopée sinistre des chants funèbres, et derrière les bambous étiques et jaunâtres on voyait de loin en loin, flotter, nonchalants, les oriflammes de deuil. Et c'est au cours de cet été-là que sa femme est morte. Elle laissait trois petits ; la dernière, une fille, avait quatre ans. Pendant trois longues journées Luong n'a pas quitté l'habitacle, veillant le corps de sa femme. Les garçons ramaient et s'occupaient de la petite sœur qui pleurait, pleurait...

L'homme a abordé avec sa barque dans les villages riverains, mais nulle part, on n'a accepté d'inhumer sa femme. De partout, on les chassait. On les chassait comme des pestiférés. Où aller ? Il était né sur cette barque ; son pays, c'était le fleuve. Le soir du troisième jour, il a pris en pleurant le corps de la morte dans ses bras ; sur le fleuve immense la barque allait à la dérive, à peine éclairée par le feu mourant de la lampe à pétrole... Seule l'eau ouvre ses entrailles pour accueillir les malheureux : là où le fleuve est large, là où le fond est doux, il enterrerait sa femme.

Ils l'ont recouverte de pierres bleues, afin que le courant ne l'emporte pas.

Cette nuit-là, l'homme a allumé des bâtonnets d'encens, en hommage au Génie du Fleuve. Il a versé une gourde d'alcool dans le fleuve et il a fait ce serment : ni lui, ni personne de sa famille désormais ne poserait le pied sur la terre ferme. Aucun d'eux ne quitterait plus jamais la barque. Il a dit à ses enfants : « Si vous laissez votre talon toucher terre, le diable s'emparera de votre âme et vous deviendrez des bêtes sauvages ! »

Et chaque année, le jour anniversaire du décès de sa femme, quelle que soit la charge de travail, ils préparent les offrandes et quand la nuit tombe, ils vont à Bai-Yen. L'homme dénoue ses cheveux, il enfile une chemise – jamais sauf par grand froid, il ne porte de chemise – et après la cérémonie rituelle, il plonge avec ses fils pour réparer la « tombe ».

Quand le fils aîné a épousé la fille d'un pêcheur, c'est le cadet qui est allé en barcasse inviter tous les pêcheurs qui vivent sur le fleuve ; la noce a eu lieu sur un immense radeau fait de toutes les barques attachées les unes aux autres...

Et la nuit suivante, alors que se lève la lune nouvelle, la barque revient au débarcadère Chua.

— Papa ? C'est la fille qui appelle l'homme. Sa voix tremble légèrement ; elle s'assoit près de lui et pose sa main sur le bras de son père.

— Je t'en prie Papa, remonte-la sur la terre !

Ce n'est pas la première fois que l'enfant formule cette prière timide mais, comme les autres fois, le père répond en hurlant :

— Personne ici n'a le droit de parler ainsi. Personne ne violera mon serment !

Mais aussitôt il ressent une immense souffrance et il pose sur sa fille un regard douloureux ; sa seule fille, la petite Chinh qui est née sur le fleuve, sur cette barque. Lui-même, il a coupé le cordon du bébé ; il l'a baignée dans l'eau du fleuve, et il a dit les prières pour elle. Comme elle a grandi vite ! Elle est en bonne santé, elle est toute douceur et toute harmonie. Comme le fleuve. Elle a la fragile beauté de sa mère, le courage de son père ; et c'est dans l'eau du fleuve qu'elle a puisé son aura de mystère. Fille, elle est plus hardie que ses frères ; les nuits de pleine lune, l'été, elle aime à se baigner dans le fleuve : elle y nage, belle et souple comme une sirène de légende. Des poissons d'argent, étincelants sous la lune, suivent son sillage. Parfois lovée sur elle-même, étreignant ses genoux, goutte de mercure scintillante, elle plonge à pic. Puis brusquement elle émerge dans un grand éclat de rire et appelle son père : de la barque, le vieux Luong la regarde et ses yeux alors sont étonnamment brillants, presque enfantins. Jamais il n'a peur pour elle, lorsqu'elle est dans l'eau du fleuve, même en période de crues ; mais si elle pose le pied sur la terre ferme, alors il est mort d'inquiétude.

Mais elle, elle rêve du rivage… De son vivant, sa mère l'emmenait parfois au marché, ou ramasser du bois dans les champs de litchis et de goyaviers qui bordent le fleuve ; il y a plus de dix ans maintenant qu'elle n'a pas quitté la barque. Elle rêve de courir là-bas, sur cette bande de terre qu'ont recouverte les alluvions et de s'allonger sur l'herbe verte en bas de la digue. Certaines nuits, lorsqu'elle nage près de la berge, qu'elle entend le bruissement des feuilles sèches, qu'elle respire le parfum doux et sucré des jeunes barbes de maïs ou l'odeur âcre des herbes, elle se sent étrangement troublée et son cœur se met à battre... Mais dès qu'elle entend la crécelle de son père, elle revient sagement à la barque. Un jour, le cadavre d'un homme flottait sur le fleuve, le visage déjà à moitié décomposé dégageait une odeur nauséabonde. En tremblant, elle s'est blottie contre son père : Oh ! mon Dieu ! Qu'est-il arrivé à ce malheureux ? Papa, repêche-le. Luong n'a pas cillé, il a poussé la petite à l'intérieur de l'habitacle et il a interdit à ses fils de toucher au fleuve ce jour-là. Que l'eau emporte les ordures de la terre ! Que personne ne touche à l'eau avant demain matin.

Un jour, Chinh a demandé à son frère Soy :

— Tu n'as pas envie d'aller sur la terre ferme ?

— Ça n'en vaut pas la peine. Nous, nous vivons ici et nous n'avons besoin de personne. Nous sommes libres. J'ai vu des gens sur terre autrefois : ils se disputaient sans cesse.

— Autrefois... toujours autrefois ! Et toi, Cat ?

Cat, l'autre frère, est couché dans la barque, il répond :

— Moi ? J'en ai marre de cette vie. C'est pire qu'une prison.

— Et là-bas, qu'est-ce que tu crois ? Que c'est le paradis ? Là-bas, il n'y a que des prisons : même les volailles sont enfermées !

— Oui mais ces prisons-là sont plus larges que notre barque.

— Qui t'enferme ici, Cat ? Papa ? Ou moi ? Ou bien Chinh ? La voix de Soy s'est faite ironique mais Cat répond lentement :

— Personne. C'est l'ignorance qui fait de nous des prisonniers.

Il relève la tête, éclate de rire, se met debout en prenant appui sur une main, fait deux pas en titubant et son rire meurt dans un sanglot.

— Ce n'est pas possible ! Un vieillard autoritaire se permet de faire la loi : il se séquestre lui-même et il séquestre en même temps un homme et sa femme... un homme trop lâche pour se révolter. Il retient également prisonnière sa fille. Elle est belle comme le jour mais ignorante comme la nuit, elle ne sait ni lire ni écrire. Nous pissons et nous chions dans le fleuve et ensuite nous chantons que l'eau du fleuve est pure, que l'eau du fleuve est belle. Nous faisons tout sur le fleuve : nous y bouffons, nous y buvons, nous...

— Tais-toi crétin ! Si papa t'entendait, il te tuerait.

— Crétin ? Et pourquoi pas ? Puisque aucun de nous ne va à l'école.

Quand Luong est rentré ce soir-là, la femme de Cat lui a rapporté la querelle des deux frères. Il a regardé Cat :

— Ainsi, tu veux aller à terre ? C'est bon. Je te couperai les deux pieds et je te laisserai là-bas. Tu seras obligé de ramper sur les genoux pour revenir sur le fleuve.

En disant ces mots, il s'empare de sa hache, s'en donne un coup sur le bras ; le sang coule... il frappe ensuite avec la hache sur le bord de l'embarcation.

— Regarde bien : c'est mon sang ! Demain tu me diras si tu as toujours envie d'aller vivre à terre.

Cat est resté sur la barque. Et la barque a continué son errance sur le fleuve.

Un nouveau printemps s'éveille ; Chinh a maintenant dix-sept ans. Ce matin, elle lave le riz sur le bord de la barque et elle aperçoit là-bas sur la berge, au-delà du débarcadère Chua, un superbe tapis jaune d'or, un épais tapis moelleux et douillet qui la fascine : le vent chaud a fait s'épanouir dans la nuit les fleurs de moutarde. À la moindre brise, le tapis entier frémit. Mon Dieu, comme c'est beau, murmure la jeune fille éblouie, elle en a lâché le panier de riz qui glisse au fil de l'eau. Toute la journée, elle sera obsédée par la vision de ce merveilleux tapis de fleurs d'or... Quelque chose l'attire là-bas, irrésistiblement. Elle a tout juste dix-sept ans et parfois elle se réveille en pleine nuit, assaillie de sensations inconnues, indicibles et étranges. Qui ne doivent rien, ni au murmure de l'eau, ni à la chanson du feu, ni au parfum des goyaves mûres ; et pas davantage au piaillement des moineaux sur la digue dans les buissons d'aloès. Cela l'étreint violemment, arrête sa main dans ses cheveux lorsqu'elle les coiffe, cela disparaît brusquement. Puis reparaît bientôt. Avant de disparaître encore.

Un soir, après dîner, elle dit à son père qu'elle va jeter une ligne. Luong accorde la permission, tout en lui recommandant :

— Ne rentre pas trop tard ! Il fait très froid ce soir.

Chinh se hâte de larguer l'amarre de sa petite barcasse, mais elle ne pose pas de ligne : elle rame vers le rivage, et elle court vers le banc de sable. La nuit éclairée par la pleine lune est fraîche. Chinh s'assoit près des fleurs qu'elle soulève de ses deux mains. Les fleurs sont humides de rosée et caressent délicatement ses joues ; elle en frissonne de plaisir. Les fleurs dansent et chantent pour elle. Avec une infinie douceur, elle pose ses lèvres sur les pétales. Mais soudain, la crécelle de son père retentit... la crécelle qui la rappelle là-bas, la crécelle qui tinte une seconde fois, impérieuse. Chinh, affolée, arrache des fleurs en bouquet… Une troisième fois, la crécelle se fait entendre. Le son aigu est pressant : le père est irrité, le père s'impatiente. Chinh, une brassée de fleurs dans les bras, court vers le fleuve ; dès qu'elle arrive sur sa barcasse, elle agite sa crécelle pour répondre à l'appel du père et rame très vite vers la barque.

— Où étais-tu ? Pourquoi n'as-tu pas répondu à mes appels ?

— Je croyais que tu appelais mon frère.

Luong ne dit rien ; il jette un regard soupçonneux sur sa fille.

La nuit suivante, elle retournera à terre pour cueillir d'autres fleurs, et la nuit suivante encore… c'est alors qu'un jeune homme l'aperçoit. Un très jeune homme qui porte un vieil uniforme râpé ; voilà plusieurs matins de suite que sa mère s'est plainte : quelqu'un lui volait des fleurs, il fallait surprendre le coupable. Et il a fait le guet ; et il a vu une jeune fille à genoux devant les fleurs, elle les caresse, elle leur parle. Maintenant, elle sursaute, effrayée car elle vient d'entendre le cri de l'homme, un cri sans méchanceté, mais sévère. Elle reste à genoux, tremblante, le visage levé vers lui. Elle ne sait pas qu'elle a fait quelque chose de mal, mais c'est l'apparition de cet inconnu qui l'effraie, cet inconnu surgi par une nuit froide de pleine lune. Le jeune homme s'approche :

— Qui es-tu ? Que fais-tu là ?

Confuse, elle se lève. Soudain les nuages ont glissé et la lune éclaire le visage de Chinh. C'est le jeune homme qui sursaute maintenant. Mon Dieu, comme elle est belle ! Quelle merveilleuse apparition dans cette campagne déserte : une jeune fille, belle comme une fée, sous la lumière de la lune. Ses vêtements sombres font ressortir la blancheur de son visage, de son cou et de ses mains. Elle serre les lèvres, mais ses yeux s'ouvrent tout grands. Ému, l'homme contemple le corps frêle de Chinh : une toute jeune fille douce et chaude qui palpite…

— Mais d'où viens-tu ? demande-t-il dans un souffle.

Le visage tendre et la voix amie ont un peu rassuré Chinh ; elle sourit timidement et tourne la tête vers un point de lumière minuscule, là-bas au milieu du fleuve. Le jeune homme a compris : à son retour, chaque week-end, il a remarqué cette barque mouillée près du débarcadère.

— Tu vis sur la barque, là-bas ?

Chinh fait oui de la tête.

— Et elles te font envie ces fleurs ?

Chinh éclate d'un rire joyeux qui trouble le jeune homme.

Étonné, il demande :

— Mais qu'est-ce que tu viens chercher ici ?

Pour toute réponse, elle tend une brassée de fleurs jaunes.

— Tu les aimes ces fleurs ? Des fleurs de moutarde ?

Encore une fois, Chinh dit oui d'un mouvement de la tête puis aussitôt elle se sauve :

— Il faut que je parte… Mon père m'appelle.

— Hé !

Il la rattrape :

— C'est quoi ton nom ?

— Chinh.

— Moi, c'est Thao. J'habite ici. Reviens demain. Ces fleurs sont à nous.

Chinh lui adresse un sourire et court vers le fleuve. Thao la suit des yeux et admire les longs cheveux qui flottent dans le vent ; il lève la tête vers le ciel. Des cheveux comme ceux-là descendent de la lune, dit-on.

Le lendemain matin, Thao se lève tôt. Il a très mal dormi mais dès qu'il entend les plaintes de sa mère : « On nous a encore arraché des fleurs, cette nuit ! », son visage s'éclaire d'un sourire heureux et il va sur le sentier qui mène au débarcadère.

Sur le fleuve là-bas, la famille de Chinh se repose, tranquille. Une mince fumée bleue sort de l'habitacle et se dissipe lentement comme une brume légère au-dessus de l'eau. Thao épie, le cœur battant, mais nulle silhouette de jeune fille. Il n'y a que trois hommes sur cette barque. Aurait-il rêvé, la nuit dernière ? A-t-il réellement vu cette belle jeune fille ? Il patiente un long moment et tout triste, retourne vers le champ de moutarde ; on y voit encore des traces de pas, des pétales jaunes sont éparpillés.

Cette nuit-là, Chinh a ramé encore une fois jusqu'au rivage. Ils sont là tous deux dans la lumière blanche de la lune que voilent d'impalpables nuages. Ils se regardent. Ils ne savent rien l'un de l'autre, mais quelque chose déjà les enlace. Quelque chose qui a encore une fragilité arachnéenne.

— Mon père est parti, murmure Chinh.

— Où ?

— En aval, pour régler une affaire.

— Reste avec moi cette nuit. Ne pars pas.

— L'autre matin, je t'ai vu près du débarcadère… je n'ai pas osé me montrer. Si tu m'avais reconnue, tu m'aurais appelée et mon père m'aurait tuée.

— Tuée ? Mais pourquoi ? demande Thao, dans un éclat de rire.

— Ne ris pas. C'est vrai.

Ses yeux sont tristes ; elle prend la main du jeune homme et l'emmène vers le champ de moutarde. Ils s'assoient au milieu des fleurs. Sous la lune, les pétales jaunes brillent, insolents.

— Je t'aime, dit-il dans un souffle.

Elle ne comprend pas. Elle le regarde, muette. Il prend son visage dans ses mains.

— Je t'aime.

Chinh est toujours silencieuse. Son visage semble inerte entre les paumes du jeune homme qui se penche pour l'embrasser, mais un frisson la traverse et elle serre les lèvres. Elle ignore tout de l'amour, mais pourquoi son cœur bat-il si fort ? Pourquoi tremble-t-elle ainsi ? C'est doux, ça fait chaud, comme jadis quand elle se blottissait dans les bras de sa mère. Elle se lève brusquement ; étonné, il en fait autant. Alors elle se love contre lui, elle pleure et levant les yeux, elle demande :

— Tu es un homme de la terre ?

Thao ne dit rien. Il regarde les champs sous la lune et pousse un gros soupir.

Chaque jour, il fait un peu plus chaud ; chaque jour de nouveaux pétales tombent. Il ne restera bientôt plus que quelques rares fleurs tardives. Thao a un sombre pressentiment ; lorsque la dernière fleur tombera, Chinh s'en ira.

— Reste avec moi. Viens vivre chez moi avec ma mère. Ne repars pas sur l'eau.

Elle le regarde en secouant la tête. Il sort un papier de sa poche et le lui tend.

— Tiens. Je t'ai recopié des poèmes. Ils sont de Rabindranath Tagore. Tu connais ?

— Je ne sais pas lire.

— Quoi ? Ce n'est pas possible. Il est abasourdi, il a mal. Il s'assoit et la prend dans ses bras.

— Je vais t'apprendre à lire. Moi aussi tu sais, j'étudie encore. Qu'est-ce que je peux faire pour t'aider ? Dis-le-moi. Chinh se serre contre lui, mais elle regarde ailleurs… au loin, pour lui dire, lui raconter…

Quand elle a terminé, elle lui fait face :

— Tu peux m'aider ? Je voudrais remonter Maman sur terre.

— Oui. Tu as raison. Il faut l'enterrer vraiment dans la terre ; nous allons le faire et je planterai des fleurs tout autour de sa tombe.

Elle dit oui, elle sourit, elle est heureuse.

Il y a près d'un an maintenant que la famille du vieux Luong est là, près du débarcadère Chua. Parfois, ils s'éloignent quelques jours, puis reviennent. C'est l'été. Toutes les nuits, Chinh se baigne dans le fleuve, Thao nage à ses côtés. Il a un corps solide et musclé : cinq ans d'entraînement dans les commandos de la marine lui ont donné force et vigueur. Après sa démobilisation, il s'est inscrit à l'école supérieure des langues, en section d'anglais. Dans la nuit, au fil de l'eau, les deux jeunes gens se fondent comme deux poissons venus du fond des âges : le fleuve va leur donner tout le bonheur du monde et toutes les douleurs aussi. Une nuit, alors qu'elle nage avec Thao, Chinh a comme un éblouissement ; elle se cramponne à son ami, à bout de souffle. Le fleuve s'est arrêté : il écoute la respiration haletante de la jeune fille, mais bientôt les ondes reprennent leur mouvement éternel et l'eau annonce à ceux de l'eau le bonheur de deux enfants. Des poissons d'argent sautent hors de l'eau, scintillants comme des éclats de lune.

Et comme toujours, le jour anniversaire de la mort de sa femme, le vieux Luong et les siens cessent leur travail et se rendent à Bai-Yen. Ils ne savent pas qu'au même moment là-bas, Thao brûle des bâtonnets d'encens sur la tombe de la mère de sa bien-aimée ; il y a plusieurs mois déjà qu'il a remonté le corps et qu'il l'a enterré dans son jardin.

À Bai-Yen, après la cérémonie, Luong envoie Soy examiner la tombe au fond du fleuve. Mais Soy émerge très vite, poussant des cris inarticulés : « On l'a... elle est... on a... on a détruit la tombe ! » Ces mots font l'effet d'une gifle en plein visage du vieux Luong. Il inspire fortement et plonge : c'est vrai. Les pierres bleues ont été dispersées... Ce n'est pas l'eau qui a fait cela. Quelqu'un est venu, qui a démoli la tombe, qui a enlevé le corps. Qui ? Mais qui ? Il n'y a qu'eux au monde à connaître cette tombe. Il remonte et crie :

— L'écope !

Et ils creusent, tous. Puis au bout d'une demi-heure, épuisé, Luong remonte sur la barque. Il se réfugie dans l'habitacle, il boit une grande rasade d'alcool.

— Qui ? Mais qui a pu faire cela ? Qui-i-i-i ?

Son cri se prolonge comme un gémissement de bête blessée, il résonne en écho sur les deux rives du fleuve. À bord, personne ne bouge. Chinh cachée dans un coin, épouvantée, se cramponne de toutes ses forces à son oreiller.

Ce n'est que vers minuit que la barque est repartie pour le débarcadère Chua. Luong est assis, voûté, effondré : il a vieilli de dix ans. Les deux fils rament sans dire un mot. Le lendemain matin, tout le monde se lève très tôt. Luong est déjà dehors, ou plutôt, il est encore dehors, car il n'est pas rentré de la nuit. La belle-fille sort de l'habitacle :

— Papa !

Elle va vers lui, et lui remet des papiers froissés.

— C'est quoi ?

Il ne sait pas lire, Luong, mais il devine que ce qui est écrit là...

— Soy !

Soy qui fumait la pipe accourt aussitôt.

— Lis-moi ça, Fils.

Avant la mort de sa mère, Soy était allé à l'école du village, avec le fils d'un passeur.

— Papa, ce sont des lettres que quelqu'un a envoyées à Chinh... Des lettres d'amour. Mais c'est impossible ! Chinh ne sait pas lire.

— Chinh ! Viens ici, tout de suite... Chinh ! hurle Luong.

Chinh a tout entendu et elle sort en pleurant de l'habitacle.

— Qui c'est ? Qui a écrit cela ?

— C'est... C'est... lui. Je t'en supplie, Papa, je t'en supplie...

Luong jette sa fille à terre, d'une gifle violente. Secouée de sanglots, la petite prend appui sur une main pour essayer de s'asseoir, elle joint les mains et se prosterne.

— Papa, je t'en prie. Je t'en supplie... je l'aime. Il m'aime...

— C'est donc cela ! Cette misérable est allée sur la terre... Elle a violé notre serment. Nous sommes maudits !

Il attrape Chinh par les cheveux, et lui plaque la face contre le sol, puis d'un coup de hache il tranche la longue chevelure qu'il balance par-dessus bord. Un coup de vent emporte les cheveux, comme une souple écharpe noire.

— Fouettez-la au sang ! crie-t-il à ses fils en faisant cingler une des lignes fichées dans le toit de l'habitacle.

De ses deux bras, Chinh protège son ventre. Tout son pauvre corps est parcouru de frissons. Luong, d'un geste sauvage, arrache la chemise de sa fille, découvrant ses seins.

— Je vais t'y laisser, à terre. Et toute nue…

Mais il s'arrête soudain, les yeux élargis d'horreur. Tous fixent le corps nu de la jeune fille. Elle pleure doucement ; ses cheveux coupés à la diable collent sur son dos en sang, ses seins aux mamelons sombres sont lourds, son ventre est rond.

— Papa, hurle Soy. Papa ! Elle est enceinte…

— C'est donc cela ! Elle porte en son sein l'enfant du Diable. C'est pour cela qu'elle est belle à damner les hommes.

Au même instant Thao s'agrippe au bord de la barque et se précipite pour prendre la jeune fille dans ses bras.

— Mon amour, murmure Chinh, mon amour.

Thao hurle de rage et de douleur. Depuis sa maison sur la rive, il a entendu les cris de Luong, il a vu les coups de fouet sur le dos de Chinh… il a couru jusqu'au débarcadère, et tout habillé, il a nagé en direction de la barque.

Luong se jette sur le jeune homme.

— Toi ! C'est toi qui a fait cela. Je vais te tuer. Il faut que je te tue, misérable !

— C'est vous qui êtes un misérable. Vous avez enterré votre femme au fond d'un fleuve noir et froid et maintenant c'est votre fille que vous enterrez au fond de cette barque.

— Mon Dieu… la tombe ! La tombe aussi, c'est toi ?

— Oui, c'est moi. J'ai remonté son corps pour le coucher sous la terre par piété filiale. Vous devriez plutôt remercier votre fille. Vous ne connaissez qu'une chose : votre autorité de père. Dans quelques années vous mourrez, et vous ne serez même pas conscient d'avoir maltraité tous les vôtres, de les avoir condamnés à une existence sinistre et insensée. Maintenant, il faut que vous la laissiez descendre à terre.

Thao se penche et regarde le dos meurtri de Chinh ; il se tourne vers les autres.

— Une chemise ! Donnez-lui une chemise !

Cat, sans broncher, entre dans l'habitacle et il en ressort avec une chemise propre qu'il tend à Thao. Le jeune homme aide Chinh à enfiler son vêtement puis il regarde Luong bien en face :

— Il faut la laisser vivre à terre. Je l'aime ; je veux l'épouser.

— Malheureux ! Tu nous as assassinés ! Tu dois nous rendre la tombe !

— Si vous laissez partir Chinh, je vous dirai où j'ai enterré votre femme ; mais, je vous interdis de la ramener au fond de l'eau. Vous n'avez pas le droit de faire ça. Je vais aller chercher de quoi panser les plaies de Chinh. Réfléchissez.

Hélas ! Au retour de Thao, la barque a disparu… dans quelle direction est-elle partie ? Il faut suivre le courant. Mais le vieux Luong, diabolique, a bien pensé que le jeune homme raisonnerait ainsi et il a mis toutes voiles dehors pour cingler en remontant le fleuve. Il tient la barre, tandis que Soy et Cat, de la rive, hâlent l'embarcation pour gagner du temps, pour fuir plus vite. De gros nuages envahissent le ciel ; le vent souffle de plus en plus fort… Thao s'épuise à marcher sous la pluie qui maintenant confond le ciel et la terre. Des barques gagnent le rivage pour se mettre à l'abri. Thao interpelle les pêcheurs à bord, mais seul le vent lui répond ; il tremble de froid, il est ivre de rage, il est glacé et brûlant à la fois… épuisé, il finit par rentrer. Arrivé chez lui, il se jette sur son lit, assommé par la fièvre. Sa mère ne comprend pas ce qui se passe ; elle l'enveloppe d'une couverture, puis grille du son pour lui faire une friction énergique. Mais le soir, la fièvre n'est pas tombée ; Thao commence à délirer, son corps est brûlant... On le transporte à l'hôpital.

Quand il reprend conscience, il demande :

— La barque est revenue ?

Autour de lui, on s'inquiète, car personne ne comprend sa question. Il se rendort... il voit la barque, le fleuve... Chinh nage vers lui... elle s'arrête... elle vient se blottir contre lui en gémissant... il y a sur son visage à la fois du bonheur et comme une souffrance immense ; elle sourit doucement mais de grosses gouttes de sueur perlent sur son front ; puis il y a... il y a un enfant. Un enfant qui pleure... ses sanglots emplissent le fleuve. Thao sort l'enfant de l'eau, mais soudain il n'a plus que de l'eau dans les mains, de l'eau qui file entre ses doigts. Il tressaille, il regarde autour de lui, les yeux vides :

— La barque est revenue ?

À peine remis de sa fièvre, Thao décide d'aller à la recherche de Chinh

— Je ne rentrerai pas avant deux semaines, dit-il à sa mère, j'ai des documents importants à consulter pour le début de l'année scolaire.

Et avec son vélo, il longe le fleuve Day. Pendant une longue semaine, aucune nouvelle de Chinh. Il s'attarde là où les rassemblements de barques sont les plus importants ; il interroge tout le monde : oui, les uns ont vu la barque de Luong, elle est passée ici il y a deux jours ; oui, il y avait une jeune fille à bord, attachée à un mât par les mains, d'autres ont vu une barcasse dans le courant avec un bébé à bord, d'après d'autres encore, une jeune fille se serait noyée avec un enfant aux yeux de poisson sur le ventre, l'enfant regardait le rivage, il pleurait, il riait.

Thao, en suivant les rumeurs des gens du fleuve, est allé jusqu'à la mer, là où le fleuve se perd, là où il n'y a plus de rivage.

Ce matin, Thao s'est levé tôt, très tôt. Au bord du fleuve, le champ de moutarde est couvert d'or pâle : les fleurs se sont épanouies dans la nuit et elles dansent dans la brise. Son cœur se met à battre… il court vers le champ et tombe à genoux : devant lui, des pétales jaunes sont éparpillés jusqu'au débarcadère, et il découvre l'empreinte de deux petits pieds. Minuscules.

Traduction : Dô Phuóng Mai

Un cri dans la nuit

Tiêng goi luc hoang hôn

Les autres jours, au premier appel du vieux Hien, son chien Mou accourait avec des jappements de bonheur.

— Mou !... Mou... ou... ou... !

L'homme appelle une seconde fois. Aucun écho. Agacé il retourne dans la cour et range son bois.

La pluie s'est mise à tomber. L'homme est silencieux, mais il regarde son champ noyé par l'averse diluvienne et il est inquiet pour son chien.

Hien n'était plus très jeune lorsqu'il s'est marié et pourtant, il a fallu qu'il prenne femme, puis ensuite qu'il ait un fils, pour qu'au village, on le considère enfin comme un homme, un vrai. Son fils, il l'a appelé Nhuc [1]. Pourquoi Nhuc ? Hien s'est souvent posé la question, mais il n'a jamais trouvé de réponse. Hien adore son fils et il l'élève du mieux qu'il peut.

Dans les songes de Hien, son fils faisait toujours appel à lui. Au long des journées, quand tout le monde était bien éveillé, il en allait de même. Parfois, Hien imaginait le « petit », plus tard : il avait grandi, il était en bonne santé, c'était un homme honnête qui ressemblait à son père... Tout ce que faisait le fils plaisait parfaitement au père.

1. Souffrance. (*N.d.T.*)

Il arrivait à Hien de voir en songe son fils se prosterner à ses pieds et le supplier de l'autoriser à ne jamais se marier : Un fils qui souhaiterait ne jamais quitter son père ?

Un jour tout de même, Hien eut très peur. Cette année-là, Nhuc était au CM 2, à l'école du village ; dans un songe, Hien le vit s'adresser à un inconnu et lui tenir des propos auxquels lui, le père, ne comprenait rien.

Et puis désormais, il arrivait souvent à Nhuc de ne pas dire bonjour à son père le matin ; il cherchait d'abord son sac : en songe, la nuit précédente, quelqu'un avait tenté de le lui dérober...

Et le soir, Nhuc n'avait plus envie d'écouter son père lui raconter encore les rudes travaux de ses journées ou les jeux de son enfance. Les pages de ses livres le passionnaient bien davantage : il s'envolait sur un beau cheval blanc vers des châteaux taillés dans le cristal le plus pur...

Alors Hien, mort d'angoisse, se mit à épier son fils. Une nuit, tandis que l'enfant dormait, il s'approcha à pas de loup de sa table de travail. Il remonta la mèche de la lampe et feuilleta les livres de l'enfant en tremblant : il voulait découvrir ce qui éloignait son fils de lui, un peu plus chaque jour.

Mais il ne trouva rien. Rien ! Car il ne comprenait rien : ainsi donc, c'étaient ces lignes noires, tous ces mots morts, qui lui ravissaient son fils, agissant sur sa jeune âme, comme un charme maléfique ? Effrayé, il referma les livres. Le malheureux en avait des sueurs froides. Et depuis cette nuit-là, il était habité à la fois par la crainte et par la haine de ces livres qui lui prenaient son fils.

« Plus tard, je serai très savant, et je partirai. Je m'en irai loin d'ici, très loin... » Nhuc avait déclaré cela un jour. Et ce rêve d'enfant naïvement formulé fit perdre le sommeil à Hien, pendant des nuits et des nuits. « Loin d'ici, très loin... » ces mots résonnaient dans sa tête et Hien versa des larmes amères. « Je ne veux pas perdre mon enfant » pensait-il et cette idée fixe fut comme un hurlement de rage dans le cœur du vieil homme, et elle l'amena à une décision aussi ridicule que pitoyable : son fils n'irait plus à l'école.

Nhuc cessa donc d'aller à l'école. Impossible de s'opposer à l'autorité d'un père. L'enfant devint taciturne et son regard lourd de chagrin était plus vide qu'une rizière après le hersage. Les merveilleux châteaux de ses rêves s'étaient écroulés dans des cauchemars noyés de larmes où il suppliait qu'on le laisse retourner à l'école. Parfois, l'enfant sursautait : il venait d'entendre un cheval qui galopait tout près de lui, dans le crépuscule. Alors, il partait dans les rizières, muet et fermé ; il regardait au loin l'horizon couvert d'épais nuages violets...

Le vieux Hien, désormais, n'entendit plus son fils parler avec n'importe qui, de n'importe quoi ; au lieu de cela il entendait les profonds soupirs de l'enfant, mais cela l'apaisait plutôt. Après tout, lui aussi avait si souvent soupiré !

Et puis il arriva que la femme de Hien mourut. Le père et le fils étaient désormais seuls, face à face : les repas se déroulaient dans un silence sinistre. Les paupières du fils restaient comme de lourds volets à jamais clos, et le père ignorait absolument ce qui se passait derrière ces volets... il finit par ne plus pouvoir supporter ce silence qui le torturait : c'était aussi terrifiant que de vivre en compagnie d'un fantôme.

Un jour, Hien tomba malade ; Nhuc qui savait que son père adorait la soupe d'anguilles, passa la nuit entière à pêcher dans l'étang et il prépara ensuite une soupe avec les poissons qu'il avait pris. Encore en sueur, il apporta le bol fumant au chevet du vieillard et en balbutiant, l'invita à manger la soupe. Sans desserrer les dents, Hien se tourna vers le mur ; la soupe refroidit. Et le bol resta là, rempli jusqu'au bord, deux jours entiers. Nhuc regardait son père, les yeux pleins de larmes.

Une autre fois, le jour de l'anniversaire de la mort de sa mère, Nhuc se leva de grand matin pour aller au marché ; il acheta une belle carpe et la cuisina avec soin : ce serait une offrande pour sa mère. Hien, qui n'avait prêté aucune attention au mal que s'était donné son fils pour préparer un plat digne de célébrer la mémoire de la défunte, déposa sur l'autel le plateau d'offrandes ; Nhuc y ajouta son plat de poisson avec un bol de soupe, mais Hien les ôta immédiatement du plateau. Nhuc ne cilla pas. Il tremblait, ses mains étaient crispées sur la colonne et il s'écria : « Père ! Tu es vraiment trop cruel avec moi ! Tu es méchant ! » Tous deux quittèrent la pièce en pleurant.

Le plateau posé là en hommage à la morte, refroidit et l'encens consumé le recouvrit de cendres.

C'est après cet incident que le père décida d'aller habiter ailleurs. Il se considérait comme trahi par cet enfant qu'il avait engendré et élevé. Quand il fit part de sa décision à son fils, celui-ci leva les yeux avec lenteur et finit par dire : « Tu fais comme tu l'entends ». Cette réponse renforça Hien dans l'idée que son fils n'était qu'un ingrat… Il avait donc bien raison de vouloir s'en aller !

À partir de ce jour, Hien travailla au service de pisciculture de la coopérative agricole : il était chargé de la surveillance de nuit de l'étang. C'est là, au bord de l'étang qu'un jour, il a trouvé son chien Mou. La première fois qu'il le prit dans ses bras, les grands yeux affolés, le museau humide et l'odeur de l'animal lui parurent si familiers, qu'il décida de le ramener à la maison et de le garder, sans rien dire à celui qui l'avait sans doute perdu en se rendant à la foire de Tia. Au bout de quelques mois, Mou avait beaucoup forci et il aboyait désormais comme un « grand ». Il suivait partout son nouveau maître, et lui obéissait au doigt et à l'œil. Hien était très fier de voir l'animal comprendre ses ordres : Couché !... Ici !... Silence !... Va-t-en ! Quand il voyait ce chien si obéissant, Hien se disait : voilà un chien qui se laisse dresser et qui obéit, alors que mon propre enfant...

Il prenait l'animal dans ses bras et le caressait ; il lui semblait retrouver alors l'odeur de son fils, lorsque celui-ci était encore un bébé. Inconsciemment cette assimilation de la bête à l'enfant fit son chemin dans la tête de l'homme.

Or, depuis quelques temps, Nhuc rendait visite à son père de plus en plus régulièrement. Quand il était assis sur le petit lit de bambou, il jetait des coups d'œil furtifs sur le chien : dans la lueur de ses yeux, on pouvait lire le malheur et la solitude. Hien observait les regards de son fils sur la bête, et tout au fond de lui, il se moquait de l'enfant : « Tu es jaloux de mon chien, hein ? Mais c'est ta faute. Moi, j'ai tout sacrifié pour toi, mais tu n'as rien compris. Alors, maintenant, bien fait pour toi ! Moi je m'en fous ! Ce chien, je l'aime parce qu'il m'obéit, lui. Les bêtes, souvent, valent mieux que les gens ». Et quand il voulait « punir » Nhuc, il se mettait à caresser son chien ostensiblement devant l'enfant et ensuite, content de lui, il tirait béatement sur une bonne pipe bien bourrée.

Chaque soir, lors des visites qu'il rendait à son père, Nhuc restait un long moment sans rien dire ; lorsqu'il ouvrait la bouche, c'était pour balbutier toujours les mêmes mots : « Père, reviens habiter au village ! »

Ces mots murmurés du bout des lèvres devaient avoir l'âcreté et le piquant d'un piment vert, car ils faisaient monter les larmes aux yeux du père et l'obligeaient à renifler bruyamment. Mais pour toute réponse, Hien se contentait d'émettre un vague grognement. Et dans sa tête, il jubilait : « Ah ! tu as besoin de moi, hein ? Je sais bien que tu as terminé le brûlage du riz et que tu attends pour distiller l'alcool. Mais, tant pis pour toi ! Tu n'avais qu'à m'obéir. »

Et pourtant, chaque fois qu'il voyait Nhuc s'éloigner et rentrer tout seul au village, il ressentait dans son âme et dans sa chair une immense tristesse et comme une sorte d'angoisse.

Mou, en revanche, dès que Nhuc était hors de vue, se mettait à aboyer furieusement pour calmer sa rage... Dans le regard de Nhuc, il avait toujours senti comme une menace, quelque chose qui lui faisait peur.

*

La pluie tombe encore, un peu moins drue tout de même, mais le chien Mou n'est toujours pas là. Le vieux Hien a un sombre pressentiment : il est arrivé malheur à son chien ! Couvert de son chapeau conique, il va du côté du cimetière...

— Mou... ou... ou !

L'appel à la fois familier et déchirant retentit au loin dans le crépuscule que la pluie teinte d'un violet sombre.

Mou a bien entendu le cri de son maître, mais il n'accourt pas comme à son habitude. Dans l'herbe, près d'une vieille tombe abandonnée où il essayait de déterrer quelque rat, il vient de trouver un poisson fort appétissant.

Le soir, Mou fausse souvent compagnie à son maître pour aller chasser les rats dans le cimetière, mais depuis une dizaine de jours, il tombe chaque soir sur une carpe dodue, bien grillée et bien dorée. Un grognement de joie, et il dévore le poisson à belles dents. Jamais encore il n'a rien mangé d'aussi délectable ! C'est devenu une bonne habitude maintenant. Dès la tombée du jour, il se précipite vers le cimetière, il court, la gueule pleine de bave… lorsque sa proie est en vue, un grognement et… c'est trop beau, un bonheur pareil dans une vie de chien !

Aujourd'hui cependant, Mou s'arrête à une dizaine de pas du poisson si tentant : il a flairé l'odeur de Nhuc. Il ignore pourtant que Nhuc est tapi là, derrière une tombe ; quand il s'approche du poisson, trop tard ! ses deux pattes de devant sont prises dans un nœud coulant : le piège, tendu par Nhuc. Incapable de faire le moindre mouvement, le chien est prisonnier. Nhuc tient un bambou dans une main et de l'autre il tire de toutes ses forces sur la corde qui retient le chien.

— Mou… ou… ou… !

L'appel désespéré de Hien retentit dans la nuit de plus en plus noire. La voix du père se rapproche… Nhuc serre la gorge du chien, en sanglotant… Il pleure sur sa solitude et sur le vide de son existence. Il pleure sur ce qu'il est en train de faire. Ses traits déformés par toute cette violence sont méconnaissables.

Pendant de longues années, son père n'a rien compris à ce qu'il ressentait. L'enfant avait certes accordé à l'auteur de ses jours une affection silencieuse et triste, mais ce n'était que piété filiale, un peu comme une dette de reconnaissance envers celui qui lui avait donné la vie et à qui il appartenait ; un mur d'incompréhension a toujours été dressé entre eux. Le départ de son père, cet homme qui avait décidé d'aller vivre loin de lui, tout seul, a provoqué une grande souffrance chez l'enfant, une souffrance dont il n'a rien dit à personne, mais qui a brisé quelque chose en lui. Souvent, il venait voir Hien, sans se montrer : il restait caché derrière la maison, l'oreille collée contre le mur. De l'autre côté, il y avait le lit où était allongé son père qui parlait au chien Mou... Mon Dieu ! à lui, jamais ce père n'avait parlé avec autant de gentillesse... Là dans l'ombre, l'enfant écoutait... et il revivait les nuits d'hiver de sa petite enfance, les longues nuits où blotti contre lui sous une vieille couverture rapiécée, son père lui parlait. Mais pourquoi, oh, pourquoi son père ne s'adressait-il plus jamais à lui, avec la tendresse qu'il accordait à ce chien ? se demandait-il en rentrant chez lui. Et c'est ainsi qu'il conçut le projet de tuer l'animal. Il fit à son père des visites de plus en plus fréquentes afin de se familiariser avec le chien, qui ne l'approchait guère, apeuré par ses regards mauvais. Quand il découvrit que Mou avait pris l'habitude de rôder le soir dans le cimetière, il imagina le piège à lui tendre là-bas.

Et voilà, c'est fait ! Le projet nourri de violence sauvage et de souffrance trop longtemps contenue, a enfin abouti.

Quand il a attrapé Mou et quand ensuite il a serré la corde, Nhuc riait comme un fou, mais quand l'animal a commencé à perdre ses forces, là dans ses mains... alors l'enfant s'est mis à pleurer.

Cette fois, ça y est : Mou est mort. Ses crocs étincelants de blancheur font un rictus qui semble narguer Nhuc. Et Nhuc, couché à côté du cadavre, est secoué de gros sanglots.

— Mou... ou... ou... !

La voix du père est pleine d'inquiétude : Mou... Mou... où es-tu ? Mou... ou... ou...

Maintenant, Nhuc aperçoit son père qui avance dans le sentier entre les buissons, au milieu des éclairs qui zèbrent le ciel ; silhouette familière avec son chapeau sur la tête, un peu hésitante dans le chemin détrempé.

— Mou... ou... ou... Où es-tu ?

Nhuc entend ce cri et ses larmes redoublent. Avec le corps encore tout chaud du chien dans les bras, il se lève lentement. Dans la lumière d'un éclair violent, on dirait un mort-vivant surgissant d'une tombe.

À pas lents dans la nuit maintenant très noire, Nhuc avance vers son père. À quelques pas du vieillard, il s'arrête. Il ne pleure plus et il crie :

— Père, je suis là ! Père....

Traduction : Duóng Công Minh

Le rêve étrange de l'honorable monsieur Ba Nhuan

Nâc trang hat thu hai môt

C'est encore une fois son vieux rêve qui a réveillé, cette nuit-là, monsieur Ba Nhuan. Un rêve étrange qui hante ses nuits depuis plusieurs années… Il y a sa mère… le souvenir de sa mère… Jamais il ne fait d'autres rêves.

Cela commence toujours de la même manière : avec des bâtonnets d'encens gros comme des poutres, qui se consument comme d'immenses flambeaux. Et une épaisse fumée blanche s'élève, une fumée blanche qui ressemble à la longue chevelure qui enveloppait le corps de sa mère sur son lit de mort…

C'était une femme toute petite, la mère de monsieur Ba Nhuan ; toute petite, avec plein de rides et un teint foncé à la mode d'autrefois. Lorsqu'elle était encore de ce monde, tous les soirs, elle faisait venir Ba Nhuan auprès d'elle ; elle s'agenouillait devant l'autel des ancêtres et elle récitait ses prières, tout en égrenant un chapelet de corne polie. Lui, en ce temps-là, était un enfant chétif à la peau sombre. Il se cachait derrière une colonne et observait sa mère absorbée dans ses prières. Celle-ci avait par moment de brusques soubresauts : son corps entier menu et tout ratatiné semblait faire un bond, comme mû par un ressort. Après chacun de ses mystérieux sursauts, l'enfant s'approchait doucement de sa mère et demandait :

— Qu'est-ce qu'il y a, Maman ?

— Rien. Rien du tout, mon chéri.

Et avec un petit frémissement craintif, elle disait :

— Apprends tes leçons, maintenant, va !

Les soubresauts réguliers de sa mère le troublaient. En grandissant, il fut de plus en plus intrigué par cet étrange comportement. Ces mouvements répétés et inexplicables l'inquiétaient...

— Tu es grand, lui dit-elle un jour, maintenant, je peux répondre à ta question. Ce chapelet dont je ne me sépare jamais, me vient de ta grand-mère. Le jour où tu es né, il s'est produit une grosse ébréchure sur une des perles, la vingt et unième. Pourquoi ? Comment ?... Mystère ! Mais depuis ce jour, lorsque je dis mes prières, au moment où j'arrive à cette perle-là, je me pique le doigt... et à chaque fois, c'est comme si je faisais un faux pas ; j'ai l'impression d'être au bord d'un gouffre, l'impression que je tombe au fond de ce gouffre. Je ne comprends vraiment pas pourquoi cela me fait un tel effet, mais c'est ainsi.

Ba Nhuan éclata de rire ; il avait du rire plein les yeux quand il répondit à sa mère :

— Rassure-toi, Maman ! Je vais t'acheter un autre chapelet, tout neuf : ils en vendent plein, à l'entrée de la Pagode de Chu.

— Non, Ba. Tu n'as pas le droit de faire cela : ce chapelet, je le tiens de ta grand-mère et quand je serai morte, il sera à toi. Il te protégera des tentations mauvaises.

La mère de Ba Nhuan est morte quelques jours plus tard. Peu de temps avant de rendre l'âme, elle a fait venir son fils à son chevet :

— Prends ce chapelet, et garde-le avec le livre de prières que j'ai déposé sur l'autel des ancêtres. Oh ! Ce chapelet ne nous a pas apporté la fortune, ni à ta grand-mère ni à moi, mais il nous a toujours préservées du mal. Obéis-moi, Ba, conserve pieusement ce chapelet. Toujours.

Mais Ba, encore une fois, n'a fait que rire.

Le soir même, sa mère était morte.

Ba s'est hâté d'enterrer la vieille femme avec son chapelet et son livre de prières tout froissé... Quand il a jeté la dernière pelletée de terre sur la tombe, il a murmuré :

— Pauvre Maman ! Avec ses croyances de bonne femme...

Puis il a vendu les terres que lui avaient laissées ses parents ; il a donné une petite partie de l'argent ainsi récupéré à chacune de ses deux sœurs et il a pris le car à ChâuThan-Dông Nai, le chef-lieu du canton, pour se rendre à Saïgon.

Maintenant, monsieur Ba Nhuan est parfaitement conscient. Il lui arrive parfois, quand il se réveille ainsi en pleine nuit, d'entendre de vagues bruits du côté du dépôt.

C'était il y a plus de deux ans, la nuit où il a ramené son premier carton de « marchandises »... Cette nuit-là, sa mère lui est apparue en songe pour la première fois... et à son réveil, il a cru entendre des bruits étranges qui semblaient provenir du lot de ces « marchandises ». Il a bien failli en mourir de peur... Mais, bah ! Les fortunes gagnées à ce commerce l'ont aidé à dépasser cette peur, et puis on s'habitue.

Tout de même, ces bruits nocturnes bizarres, il ne les aimait pas trop. Et puis parfois, il éprouvait d'étranges sensations. Dès qu'il a eu ramassé suffisamment d'argent, il a acheté un terrain plus vaste et il a fait construire un bâtiment important ; bien entendu, il a bien veillé à éloigner le dépôt de son habitation privée. Son nouveau dépôt fait trente mètres carré ; il n'a qu'une porte mais des bouches d'aération laissent filtrer les bruits qui proviennent des cartons : des clic-clac, des cric-crac comme des pas sur le gravier, comme la pénible reptation d'un serpent sur des cailloux.

Après avoir vu sa mère en songe, il arrive souvent à monsieur Ba Nhuan de rester un long moment sans bouger, sans dire un mot, guettant les bruits, cherchant à les identifier... Mais tout cela demeure très mystérieux, et il souffle dans la tête de notre homme, comme un vent lourd. Un vent invisible, mais lourd.

Monsieur Ba Nhuan s'est levé ; il a pris ses clefs et il se dirige vers le dépôt. Comme à chaque fois avant d'ouvrir cette porte, il avale une grande lampée d'alcool – la bouteille est toujours là, dans le placard à côté du dépôt. Les battants s'écartent lentement ; les lampes allumées éclairent la pièce, une odeur bizarre suffoque monsieur Ba Nhuan – il est pris de nausées et sa gorge est nouée d'épouvante. Les solides cartons, d'anciens emballages de nouilles instantanées, d'alcool ou de savon qui aujourd'hui renferment ses « marchandises » sont absolument silencieux, tellement silencieux que les cheveux de monsieur Ba Nhuan se dressent sur sa tête.

Il s'approche d'un carton et il l'ouvre. Son visage est blême, ses yeux écarquillés aux prunelles fixes sont comme des yeux de verre. Au fond du carton, un crâne grisâtre le fixe de ses deux trous noirs ; quelques rares poils de barbe, comme de l'herbe après un incendie, ressemblent aux barbes que les cafards laissent, après leur mue, dans les coins humides des cuisines... Monsieur Ba Nhuan referme précipitamment le carton et se sauve en courant, oubliant, comme chaque fois, d'éteindre la lumière.

Il se lèvera tard le lendemain matin, et comme toujours après ce genre de nuit, il aura l'impression d'avoir une tête qui pèse trois tonnes. Il s'approche du miroir : c'est toujours le même Ba Nhuan, pâle et aussi lisse que la surface de son miroir. Lui, n'est pas comme les autres nantis, gros et gras ; il est plutôt frêle avec un air souffreteux, blanc comme une endive passée à l'eau de javel. La santé de cet homme, d'ailleurs, préoccupe beaucoup sa femme qui le traite comme un prince : elle fait très attention à ce qu'il mange, elle lui achète toutes sortes de fortifiants... mais sans grands résultats sur son état.

Aujourd'hui, madame Ba Nhuan apporte le café au salon. Épuisé, son mari s'est assis sur le grand canapé et regarde dans la cour, les yeux à moitié fermés. Dehors, il y a du soleil, beaucoup de soleil... Il songe au court de tennis et aux chambres luxueuses de l'hôtel Rex, avec leurs baignoires si profondes.

— Ce matin, Sau a téléphoné. Il voudrait que tu lui prépares vingt ensembles pour l'exportation, dit sa femme, en s'asseyant près de lui.

— Pour quand ?

— Pour demain soir.

— Impossible.

— Et pourquoi ?

— Enfin, tu ne sais pas quel jour nous sommes ? Demain, ce sera un jour impair ! Dis-lui que je le livrerai après-demain. Si ça ne va pas, tu laisses tomber.

Il se sent bien maintenant, monsieur Ba Nhuan. Le café de sa femme lui semble toujours meilleur quand il a la tête farcie des mauvais jours. Il se sent bien, parce qu'il n'a pas dérogé à sa règle qui consiste à ne jamais faire de livraison les jours impairs. Il se sent bien, parce que ces derniers temps, il a réussi bon nombre d'exportations de ses marchandises...

Après le décès de sa mère, il était donc parti pour Saïgon afin d'y tenter sa chance. Au début, il a trouvé du travail dans une fabrique de pneus de bicyclettes : il y gagnait sa vie, mais sans plus. Aussi, lorsqu'il passait devant les grands restaurants et qu'il apercevait de l'autre côté de la vitre, des hommes de son âge, gros et gras, vêtus avec élégance, en compagnie de filles superbes, cela lui donnait envie de faire fortune. À n'importe quel prix. Il caressait le rêve fou de devenir riche, très riche, en déambulant la nuit dans les rues de Saïgon qui brillaient de mille feux et où s'entremêlaient élégance, crasse, ors et ordures. Ambition démesurée, convoitise démente de toutes les richesses... Il s'est jeté comme un fou dans la course à la fortune.

Or, à cette époque-là, un marché battait son plein : la recherche des ossements de soldats américains morts pendant la guerre. Monsieur Ba Nhuan avait entendu dire qu'un squelette de G.I. se vendait jusqu'à cinquante ou soixante-dix onces d'or – 2 500 à 3 000 dollars. La nuit, il en rêvait : mon Dieu ! si seulement il pouvait mettre la main sur une centaine de ces débris ! Il en tremblait, il en hurlait de bonheur...

Alors, un jour il a sauté le pas. Il a berné une famille qui émigrait aux États-Unis en leur refilant un tas d'ossements vietnamiens avec une plaque de G.I. pour les authentifier « américains ». L'affaire lui a rapporté trente onces d'or. Les jours suivants, tout de même, il a tressailli à chaque appel : ses clients avaient peut-être découvert la supercherie ? Ils allaient venir lui réclamer ce qu'ils avaient payé... Et la nuit, dès qu'il ouvrait un œil, il se précipitait sur son début de fortune, pour vérifier que c'était bien de l'or, du vrai, pas du faux comme son tas d'os...

Évidemment, mettre la main sur un squelette entier, qu'il soit vietnamien ou américain, n'était pas chose aisée. Il finit par aller, en douce, dans les cimetières de banlieue pour déterrer des cadavres, puis se procurait des plaques de soldats et fabriquait de faux dossiers, afin d'écouler sa marchandise.

Lorsqu'il eut assez d'argent pour s'acheter une maison, il arrêta ses expéditions nocturnes. Désormais, c'était lui le Patron, celui qui paie les autres pour faire les sales besognes : violer les sépultures, chercher des plaques, trouver des débouchés.

C'est lorsque le premier carton de son trafic est arrivé chez lui que, pour la première fois, il a vu sa mère en songe : il l'a vue, qui sursautait en touchant cette fameuse vingt et unième perle. Encore une fois, elle a insisté pour qu'il conserve pieusement le chapelet, puis elle a fermé les yeux. Dans son rêve, lui, il riait : pauvre maman ! avec ses croyances de bonne femme... Lorsqu'il s'est réveillé, il a trouvé une interprétation à son rêve. La vingt et unième perle – celle qui était ébréchée, celle qui faisait toujours sursauter sa mère – devenait un signe : nombre impair ! Il fallait donc qu'il évite absolument d'entreprendre quoi que ce soit d'important les jours impairs, et surtout le vingt et unième jours de tous les mois.

Riche, de plus en plus riche, il se dit que son interprétation était judicieuse et qu'il fallait continuer ainsi...

— Que comptes-tu faire ? a demandé sa femme après un long silence.

— À propos de quoi ?

— De l'affaire Sau. Vingt ensembles ! Ils les veulent tout de suite.

Monsieur Ba Nhuan se fâcha :

— Demain, c'est impossible ! Tu n'as qu'à lui répondre que c'est impossible ; un point, c'est tout. Mes habitudes de travail sont sacrées. Tu n'y touches pas, compris ?

— Et si je lui téléphonais de venir régler cette affaire dès ce soir ?

— Non. Ce soir, j'ai un rendez-vous d'affaires avec Tu-Dong.

Et alors, monsieur Ba Nhuan s'est mis à rire, à rire aux éclats. Il riait, parce que la roue de la fortune avait tourné très vite pour lui. Il riait parce que tous les ossements qu'il avait vendus à des Vietnamiens en partance pour les États-Unis, provenaient en réalité de cadavres vietnamiens, que ses sbires avaient déterrés dans les cimetières de la banlieue de Saïgon ou dans les provinces voisines : les acheteurs n'y avaient vu que du feu, puisque chaque ensemble était accompagné d'une « authentique » plaque de G.I. ! Et surtout, ces acheteurs fondaient tant d'espoir sur ces malheureux squelettes, qui allaient leur rapporter des centaines de milliers de dollars, et peut-être même, – qui sait ? – le droit d'obtenir la nationalité américaine, de devenir de vrais américains. Oh ! il rencontrait bien parfois quelques problèmes ; un jour, par exemple, on lui a refusé un squelette :

— Je doute que ces os-là aient appartenu à un Américain, lui a dit son client ; jamais un Américain n'a eu un crâne comme ça, de la taille d'une noix de coco !

Lui, il a ri et il a rétorqué :

— Mais, merde ! Il y a sûrement aussi des Américains pas très malins, et ceux-là doivent avoir le crâne étroit.

Toutefois, cet incident lui a servi de leçon : par la suite, quand il trouvait un squelette un peu trop petit, il le brisait de queques coups de marteau :

— Pauvre de lui ! Voyez donc : même après sa mort, il a été poursuivi par le malheur... les obus et les bombes lui ont fracassé le crâne !

Deux années ont passé. Les affaires marchent bien pour monsieur Ba Nhuan. Son enrichissement tient du miracle. Ses rêves le tracassent bien un peu : pourquoi sa pauvre mère s'obstine-t-elle donc ainsi à lui répéter inlassablement de conserver pieusement le chapelet et le livre de prières qu'elle lui a légués ?

Le soleil traverse maintenant à l'horizontale les baies vitrées du séjour. Monsieur Ba Nhuan s'est changé et il a pris sa moto. Il va jouer au tennis et ensuite il se rendra à l'hôtel Rex ; la petite Huê sera là, qui l'attendra. Avant de quitter la maison, il a dit à sa femme :

— Je rentrerai très tard ce soir ; Tu-Dong et moi, nous devons discuter affaires.

La table que monsieur Ba Nhuan a réservée au restaurant du Rex est blottie dans un angle, un peu dans la pénombre et à moitié dissimulée par une énorme plante verte.

Les petits verres sur la table se remplissent les uns après les autres de bon cognac Martel ; quand ils sont pleins, monsieur Ba Nhuan lève le sien à hauteur de ses yeux :

— Levons nos verres et trinquons à notre réussite ! La campagne d'émigration des âmes connaît un beau succès. Mes amis, vidons nos verres !

Les verres s'entrechoquent avec le bruit d'un ferraillement à l'arme blanche. Puis on entend le glouglou de l'alcool dans les gosiers noirs de tabac et ensuite, ce sont les mâchoires qui entrent en danse à leur tour : on croque, on mastique, on broie… L'alcool poursuit sa descente dans les gorges des convives ; par moment, il ramollit les lèvres et rend les langues pâteuses. Les respirations se font courtes, les voix traînantes… Et soudain, Tù-Dong, tout en farfouillant dans sa poche de poitrine, prend la parole :

— À propos, Ba ! La semaine dernière, j'étais à Châu Thành pour examiner un ensemble « américain » chez un ami, mais il en demandait un prix fou, alors j'ai laissé tomber. Dans la soirée, j'ai bu quelques verres et j'ai fait un tour à pied. Je me suis un peu perdu et j'ai finalement abouti dans un cimetière, près d'un ancien champ de bataille… alors j'ai regardé à droite et à gauche ; il y avait une tombe un peu à l'écart, bien aplatie : j'ai creusé, j'ai déterré le squelette et je suis aussitôt rentré à Saïgon.

— Et alors ? Tù as trouvé quelque chose d'intéressant ? demande un des convives à moitié ivre.

— De l'or ?

— Des diamants ?

— Une antiquité ?

Mais Ba Nhuan fait cesser les plaisanteries :

— Taisez-vous tous ! hurle-t-il, et toi, Tù-Dong, continue !

— Eh bien, j'y ai trouvé un objet de culte.

— Que veux-tu dire ? demande Ba Nhuan, les yeux étrécis.

— Il n'y a que les objets de culte pour irradier ainsi : tiens, voilà, regarde…

Et il sort de sa poche… un chapelet. Dès qu'il aperçoit l'objet, Ba Nhuan se lève et l'arrache des mains de son ami ; il l'approche de ses yeux pour le regarder de près…

La vingt et unième perle, pense-t-il, et à voix basse, il se met à compter… une, deux, trois…. vingt et une…

— Et les ossements, qu'est-ce que tu en as fait ?

— Je te les ai remis, il y a quelques jours.

Monsieur Ba Nhuan s'effondre sur la table, il renverse un verre, l'alcool lui gicle au visage :

— Ramène-moi immédiatement chez moi !

L'intérieur du dépôt est parfaitement éclairé ; il paraît aujourd'hui immense à monsieur Ba Nhuan, ce dépôt qui pourtant ne mesure toujours que trente mètres carré. La lumière des néons a la pâleur de la lune, et monsieur Ba Nhuan a l'impression d'être dans un immense cimetière, avec des tombes à l'infini… Il tremble de tous ses membres :

— Maman !…. Maman, où es-tu ?

Puis, il trébuche sur un carton, il l'ouvre, il saisit un crâne et le soulève. Une incisive unique dans la mâchoire semble le défier avec l'intention de le mordre à la gorge.

— Maman ? implore-t-il en fixant les deux trous noirs, c'est toi, Maman ?

Mais le crâne ne répond point ; il se dandine simplement au rythme des tremblements de l'homme. Alors monsieur Ba Nhuan le jette à terre : en tombant avec un bruit sec, le crâne semble avoir dit : Non !… Un autre carton maintenant, un autre crâne…

— Maman ? C'est toi ?

Les deux trous noirs fixent monsieur Ba Nhuan, et comme le précédent, ce crâne est secoué convulsivement entre les mains qui tremblent. Terrifié, Ba Nhuan le laisse choir à son tour, puis il court d'un carton à l'autre, d'un crâne à l'autre. Dans l'air étouffant du dépôt, résonne un hurlement : c'est toi, Maman ?

Ba Nhuan court comme un chien fou d'une extrémité à l'autre du dépôt, il renverse les cartons, des crânes dégringolent, d'autres se cognent contre son visage…

Maintenant, Ba Nhuan gît à terre. Il a perdu connaissance. Sa mère apparaît : elle est allongée sur son lit de mort, elle appelle son fils à son chevet :

— Détache ce chapelet, prends le livre de prières que j'ai déposé sur l'autel des ancêtres. Conserve pieusement ce chapelet. Certes, il ne nous a pas apporté la fortune, ni à ta grand-mère ni à moi, mais il nous a préservées du mal. Celui qui ne fait point le mal, celui qui ne cherche pas à s'enrichir par tous les moyens – même les plus malhonnêtes – celui-là seul mérite de vivre. Ba ! écoute ta mère, obéis-lui.

Traduction : Duóng Công Minh

L'envol des Bergeronnettes

Bầy Chim Chìa Vôi

Il doit être deux heures du matin. À peu près. Môn se réveille ; il se tourne vers son grand frère et l'appelle tout bas :

— Mên ! Ho, Mên ?

— Qu'est-ce que t'as ? Pourquoi tu dors pas ?

La réponse de Mên n'a pas tardé ; lui aussi était sans doute bien réveillé. Et apparemment, depuis même un bon moment.

— Dis, Mên… il pleut beaucoup ?

— Ouais, ça tombe fort… Tu n'entends pas ?

— Dis Mên… L'eau du fleuve, elle va monter ?

— Ouais… à l'heure qu'il est, la plage en bas… elle est sûrement déjà inondée…

— Mais alors… Dis, Mên ?

— Dis Mên ! Dis Mên ! Change de refrain… qu'est-ce que tu radotes, avec tes « Dis, Mên ! »

— Je veux dire… le banc de sable… çui qu'est au milieu du fleuve… qu'est ce… qu'est-ce qui va lui arriver ?

— Ben oui…

La voix de Mên est moins ferme, maintenant.

— Oui ! Il va sûrement être inondé. C'est sûr, ça…

— Mên ! J'ai peur pour les petits des bergeronnettes... Ils vont se noyer, tu crois ?

— Moi aussi, j'ai peur pour eux.

— Dis Mên, ils arriveront à nager ?

— Nager ? Des oiseaux ! Qu'est-ce que tu racontes ? Les bergeronnettes, c'est pas des canards !

Blottis dans leur couverture rapiécée, les deux enfants continuent à parler tout doucement, tandis que dehors, la pluie fait rage, toujours aussi drue. On peut même entendre maintenant, mêlé au crépitement des gouttes, le grondement des eaux qui montent, qui roulent, menaçantes.

— Hier soir, j'ai aidé papa à poser les nasses près de l'écluse...

— Et alors ?

— Papa, il a dit qu'y a qu'un seul endroit dans le monde entier, où les bergeronnettes, elles font leur nid comme ça au milieu du fleuve. Pourquoi elles le font pas sur la rive, leur nid, dis ?

— J'en sais rien, moi...

Aux premières lueurs de l'aube, il pleut à torrent et souffle un vent glacé, qui fait battre la porte en treillis de la maison. Venues du bout du chemin, des voix montent jusqu'aux enfants ; questions et réponses se croisent :

— Bon sang ! dit quelqu'un, les eaux seront hautes cette année !

— C'est qui ? Où ils vont ? demande Môn.

— C'est des gens du village ; ils reviennent du fleuve avec leurs nasses.

— Et si l'eau monte jusqu'au banc de sable ?

— Arrête avec tes questions... Dors !

Les enfants ne disent plus rien, mais ils ne se rendorment pas pour autant. Ce que leur père a dit la veille, est exact : c'est sans doute uniquement sur ce tronçon du fleuve que les bergeronnettes construisent ainsi leur nid au milieu des eaux. Chaque année, au moment de l'étiage, un banc de sable émerge au milieu du fleuve : de luxuriantes algues le recouvrent et en se desséchant forment une litière moelleuse. Alors, depuis les deux rives, les frêles et silencieuses bergeronnettes s'envolent vers le banc de sable. Elles choisissent une touffe d'algues bien sèches et bien épaisses pour y déposer leurs œufs. Lorsque les oisillons auront grandi, d'inquiétantes nuées venues des montagnes calcaires de Hoa Binh passeront dans le ciel, annonciatrices de la saison des pluies. De nuit en nuit, on entendra plus fort, depuis l'horizon là-bas, le grondement des orages qui franchiront le fleuve. Et un beau matin, dans un fracas de tonnerre, la pluie frappera les toits du village ; alors le fleuve Day grondera, gonflera… il suffira de quelques nuits pour que le banc de sable soit englouti sous les eaux rouges. Quand le fleuve aura envahi l'ultime parcelle du banc de sable, alors seulement les petites bergeronnettes de l'année déploieront leurs ailes pour la première fois, oiseaux minuscules s'arrachant à l'énorme torrent, et elles s'envoleront vers le rivage. De même l'année suivante, quand reviendra la saison sèche, elles regagneront le banc de sable pour y faire leur nid d'algues… et tout recommencera.

Il y a une dizaine de jours, Mên et Môn sont allés à gué jusqu'au banc de sable ; eux seuls connaissent le chemin le plus sûr à travers le fleuve, un chemin sinueux esquivant les trous que creusent les villageois en y puisant le sable. Comme les enfants approchaient du nid, les oisillons se sont mis à pépier – ce bruit si proche, était-ce leurs parents qui revenaient avec la becquée ? Les enfants se sont agenouillés sur le sable, sans dire un mot, tout près du nid.

— Dis Mên, c'est quand qu'ils pourront s'envoler ?

— Dans quelques jours.

— Leur mère, elle est partie pour leur chercher à manger ?

— Oui.

— Les bergeronnettes, ça mange des coquillages ?

— J'en sais rien. Mais, c'est vrai qu'on les voit souvent barboter le long des berges, en quête de nourriture.

— Et si on allait chercher des coquillages pour leur donner ?

— D'accord. On va essayer

Les enfants allèrent à la lisière de l'eau ; ils farfouillèrent dans les petits trous où se réfugient, ici un coquillage, là une minuscule huître... Il ne leur fallut que quelques minutes pour ramasser chacun une pleine poignée de bestioles qu'ils posèrent avec précaution, encore toutes barbouillées de sable, à côté du nid.

— À la maison, tu dis pas un mot sur les oiseaux, hein ? menaça Mên, ou alors je t'emmène plus jamais avec moi.

— Quand c'est qu'on reviendra les voir ?

— Dans trois jours. Si papa demande où on va, on dira qu'on va au champ de goyaves. T'as compris, hein ?

Hélas, ce projet ne devait pas se réaliser. En effet, cette année la saison des pluies a surpris tout le monde par sa précocité : depuis quelques jours, il pleut sans discontinuer et les eaux du fleuve n'en finissent pas de monter...

— Mên ! chuchote encore Môn.

— Quoi ?

— T'en as déjà vues, toi, des petites bergeronnettes qui s'envolent du banc de sable vers la rive ?

— Non. Jamais.

— Tu crois que le nid, il va être inondé ?

Mên ne répond rien.

— Qu'est-ce qu'on peut y faire ? demande-t-il enfin, après un long silence

— Et si... si on essayait de transporter les petits jusqu'a la rive ?

— L'eau a dû monter beaucoup... tu crois qu'on arrivera à passer à gué ?

— J'en sais rien.

Encore une fois, les enfants se taisent. On n'entend plus maintenant que la pluie qui tambourine sur le toit, et le vent qui s'acharne contre la porte en treillis.

— Hier, papa, dans sa nasse, il a pris un brochet.

— Et alors ? Pourquoi tu dis ça ? tout le monde est au courant !

— Il y avait aussi un gougeon dans la nasse. Un gros, un beau. Je l'ai piqué...

— Qu'est-ce que t'en as fait ? Mên s'est tourné vers son frère.

— Je l'ai relâché à côté de l'écluse. C'était peut-être celui du trou près du mouillage, le trou où on enfonce la perche... Tu crois pas ?

— T'as repéré le gros point noir sur sa nageoire ?

— J'ai pas eu le temps de regarder. Tu sais, le soir quand papa a versé les poissons dans le seau, il a vu que le gougeon était plus là : « c'est sûrement le brochet qui l'a mangé ! » qu'il a dit, et il a demandé à Maman d'ouvrir le brochet pour regarder dans son ventre si le gougeon y était !

Mên éclate de rire.

— Le trou pour la perche, il est submergé ?

— Ouais. Depuis avant-hier soir déjà. Mais le gougeon, lui, il a pas à avoir peur : même si le toit de la maison, il était sous l'eau, le gougeon il s'en sortirait toujours !

— Mên ?

— Quoi ?

— Le nid, il va bientôt être sous l'eau... Faudrait transporter les oiseaux sur le rivage.

Un moment de silence, puis Mên propose enfin :

— On y va ?

— Oui. On n'a qu'à prendre la barque de monsieur Hao.

Encore un long silence de Mên, qui finit par se tourner vers son petit frère :

— Allez ! On y va. Mais, on fait pas de bruit, hein ? Si jamais on réveille papa, bonjour les coups !

Tout doucement, les enfants s'extirpent de leurs couvertures et se glissent hors du lit... ils s'assoient sur le bord et restent sans bouger, muets tous les deux, pendant un instant.

— On y va ? demande Mên

— Oui.

La voix de Môn a légèrement tremblé. À tâtons, dans le noir, ils se dirigent vers la porte en treillis qui s'entrouvre ; un vent froid s'engouffre dans la pièce. Frissonnants, les enfants se faufilent hors de la maison.

— Attends un peu, dit Mên, je vais regarder où papa a rangé les toiles en plastique.

Il se glisse le long de la terrasse jusqu'à la cuisine. Il revient aussitôt avec les deux ponchos de plastique et les deux chapeaux de latanier qui les protègent lorsqu'ils vont garder les buffles. Les enfants se cachent dans les ponchos et attachent les chapeaux sur leur tête avant de filer dans la cour... Un grondement de tonnerre éclate au-dessus d'eux ; un éclair zèbre le ciel. Môn s'agrippe au bras de son frère :

— Mên... Oh ! Mên, y a quelqu'un au bout du sentier...

— Où ça ? Je vois rien ? Où ?

— J'ai vu quelqu'un, quand y a eu l'éclair.

Ils sont figés au milieu de la cour : deux petits corps qui tremblent et que la pluie fouette en rafales.

— Là... là... Tu vois ? crie Mên au moment où un deuxième éclair illumine le sentier.

Mên pousse un soupir de soulagement :

— Pauvre idiot ! C'est le tronc du bananier que j'ai coupé ce matin... Allez ! On y va !

Et les enfants s'éloignent du sentier et descendent vers le fleuve qui surgit soudain dans la lueur d'un éclair, majestueux, immense...

— Le banc de sable, tu le vois ?

— Il fait trop noir.

Arrivés maintenant au milieu de la plage, les enfants, poussés par le vent qui les colle l'un à l'autre, ne font plus qu'un corps. Un violent coup de tonnerre les assourdit : ce coup-là, ils ont l'impression qu'il a éclaté sur la pointe de leur chapeau. Ils sursautent, comme si on les arrachait du sol.

— Mên ! hurle Môn en se serrant sur son frère.

— Qu'est-ce que t'as encore ?

Mais lui non plus, n'en mène pas large.

— Quelqu'un... Y a quelqu'un... avec un chapeau... Là...

— Chut...

— Mais tu vois bien... là... souffle Mên au bord des larmes, tandis que surgi de nulle part, un immense éclair se déploie dans le ciel comme une gigantesque racine d'arbre.

— Oh !... mais t'es bigleux, ou quoi ? C'est pas quelqu'un, c'est un épouvantail !

— Ah bon...

Môn a reconnu l'épouvantail que les voisins ont planté sur leur champ au début de la saison du maïs ; quand il est devenu inutile, les petits gardiens de buffle se sont amusés à le remettre sur pied.

Après cette seconde méprise, les enfants ont l'air presque rasséréné ; ils descendent la berge jusqu'au mouillage ; et là, Mên a bien du mal a dénouer la corde qui retient la barque : ses mains tremblent et il ne peut s'empêcher de jeter des regards craintifs vers la maison du passeur adossée à la digue…

— Ça y est. Monte !

Môn se précipite à bord. Tous deux se cramponnent à la longue perche, bien trop lourde pour leurs petits bras, et de toutes leurs forces, ils essaient de s'écarter du rivage. Péniblement, la barque glisse et s'éloigne un peu, mais à peine est-elle dans le courant qu'elle vire, puis, entraînée dans la violence des eaux, elle descend le fleuve. Les enfants luttent avec la perche mais l'embarcation file, indifférente à leurs efforts. Mên enfin relève la perche et gagne l'avant :

— Viens vite !

Môn avance péniblement dans le fond de la barque, mais au moment où il pose le pied sur le banc à l'avant, un coup de vent violent emporte son chapeau ; l'enfant gesticule désespérément pour le rattraper, mais il ne réussit qu'à tomber contre le bord de la barque.

— Mên ! Oh, Mên !

Mên épouvanté, lâche la perche et se précipite sur son frère qu'il récupère dans ses bras : les deux petits cœurs battent à grands coups.

— Mon chapeau est dans l'eau…

— La perche aussi !

Un fracas de tonnerre éclate, qui semble soulever la barque. Les deux enfants terrorisés se serrent l'un contre l'autre.

— La perche, on l'a... perdue ? pleurniche Môn.

— Oui.

S'il n'y avait pas ce petit frère à protéger, il aurait bien éclaté en sanglots lui aussi, le pauvre Mên. Il enlève son chapeau et en couvre la tête de son petit frère.

— On va manœuvrer à la rame, sinon le courant va nous emporter.

Main dans la main, ils avancent en titubant sur les planches disjointes qui recouvrent le fond de la barque, pour parvenir jusqu'à la rame : une énorme rame en bois, très lourde, qu'ils ont bien du mal à mettre à l'eau. De tout leur petit corps tendu, ils la maintiennent, mais elle pèse un tel poids qu'ils n'arrivent pas à la faire bouger d'un millimètre. Et la pluie qui tombe toujours, en rafales de plus en plus violentes ! Et le fleuve qui gonfle, menaçant, grondant, terrible...

— On essaie de tenir la rame comme ça ! Pour se rapprocher de la rive...

Les deux enfants s'épuisent à maintenir la rame ; leurs têtes sont si proches l'une de l'autre qu'elles semblent ne faire qu'une.

— Tu pleures ? demande Mên qui entend les reniflements de son frère.

— No... o... on...

La barque entraînée par le courant descend le fleuve et c'est déjà à près de deux kilomètres du mouillage que les enfants, enfin, arrivent à la faire virer.

— On touche terre ! crie Môn qui n'en revient pas.

— Bien sûr. On va descendre, répond Mên avec la voix d'un grand tout à fait sûr de lui.

Les enfants enjambent très vite le bord de l'embarcation.

— On la laisse ici, la barque ?

— Eh non ! Faut la ramener au mouillage, sinon gare à nos oreilles ! Moi, je tire, toi tu pousses.

Mên enroule la corde d'amarrage autour de ses reins, puis plié en deux, il tire tant qu'il peut, tandis qu'à l'arrière, Môn pousse de toutes ses forces...

— Le banc de sable, il est déjà inondé ?

— Je crois pas.

Lorsqu'ils arrivent enfin au mouillage, le jour commence à se lever ; les enfants amarrent rapidement la barque sans dire un mot et ils remontent la berge en courant jusqu'à la hauteur du banc de sable.

— Tu vois quelque chose ?

— Non. Fait encore trop noir...

— Tout est sous l'eau, dis ?

— On va voir...

Et Mên s'accroupit, scrutant la surface du fleuve.

— Avec des ailes mouillées, ils arrivent à voler les oiseaux ?

— Va leur demander !

— Papa, tu crois qu'il est réveillé ?

La question de Môn leur fait peur à tous les deux. Du côté de leur maison, on entend vaguement des voix, des voix qui semblent plutôt en colère : les enfants, eux, essaient toujours de distinguer quelque chose, là-bas au milieu du fleuve... Il fait presque jour maintenant.

— Ça y est, Mên... Le banc de sable, on le voit, il est là...

— T'as raison ! Et il est pas complètement inondé... Y a encore à peu près la largeur d'un chapeau.

— Et les oiseaux, dis... les oiseaux... y sont encore là ?

— J'en sais rien. Papa, il dit que les oiseaux y s'envolent juste quand tout est sous l'eau...

— Pourquoi y s'envolent pas avant ?

— J'en sais rien, moi !

Les premières lueurs de l'aube éclairent la nappe du fleuve ; la pluie continue de tomber et soudain, une trombe d'eau violente engloutit ce qui restait du banc de sable...

Et alors, devant les deux enfants qui n'en croient pas leurs yeux, surgit un spectacle féerique : de la surface de l'eau, des oisillons minuscules, tout mouillés, semblant s'arracher du torrent, s'élèvent dans le ciel...

Les enfants restent interdits, incapables de dire un seul mot... Il y a comme un souffle de vie qui les traverse. Brûlant, violent...

Depuis la veille, les eaux étaient montées. Très vite. Dès qu'une parcelle de terre était inondée, les bergeronnettes conduisaient leurs petits vers une partie du banc encore à sec ; et ainsi, tout doucement, ils sont arrivés à l'endroit le plus élevé, celui que les eaux envahissent en dernier. Et tout au long de la nuit, les oisillons ont sautillé sur leurs pattes frêles en battant des ailes... le père et la mère, auprès d'eux, semblaient leur apprendre le rythme des battements, comme s'ils connaissaient, à la seconde près, le moment où les petits seraient capables de s'arracher du sol en toute sécurité. Si les oisillons prenaient leur vol trop tôt, ils risquaient de tomber dans l'eau, entre le banc de sable et le rivage ; s'ils attendaient, ils étaient engloutis par les flots.

Et voilà que les bergeronnettes se sont envolées... Le soleil s'est levé – un peu en avance ? – et la pluie a cessé.

Mais brusquement, on dirait qu'un des oisillons faiblit... les petites ailes n'arrivent plus à battre... il va tomber, il n'est déjà plus qu'une une feuille qui tombe... La mère, toutes ailes déployées, volette autour de son petit en poussant de faibles cris... les pattes tremblantes de l'oisillon frôlent la nappe d'eau... Et puis, d'un seul coup, comme par miracle, les petites ailes se remettent à battre, le corps minuscule s'arrache du torrent et s'élève haut dans le ciel. Plus haut que lors de son premier envol.

Autour des enfants, tout fait silence. On n'entend plus rien. Rien que des battements d'ailes déterminés... Pour Mên et pour Môn, ces battements se confondent avec ceux de leur cœur. Impatients, et pourtant réguliers.

Et voilà ! Les oiseaux ont accompli leur premier envol, le plus important. Le plus merveilleux aussi. D'un coup de leurs ailes encore maladroites et tremblantes, soutenus par une immense confiance en soi, ils ont réussi à atteindre la berge et ils se sont posés auprès d'un buisson d'ananas sauvages.

Môn et Mên n'ont pas bougé. Sur leurs visages pâles, inondés de pluie, la lumière du jour jette maintenant tout son éclat. Mên se tourne vers son frère. Tous deux se rendent compte que leurs yeux sont pleins de larmes. Quand donc se sont-ils mis à pleurer ? Les pauvres... le savent-ils seulement ?

— Pourquoi tu pleures ?

— J'en sais rien. Et toi ?

Un peu confus, ils partent tous les deux d'un immense éclat de rire. Puis ils font demi-tour et courent vers la maison. Au bout de quelques secondes, Môn s'arrête à bout de souffle :

— Mên ! Dis, Mên... tu m'attends ? ou alors, moi, je joue plus jamais avec toi...

Traduction : Lê Hong Sam

La chambre aux reliques

Cô Vât

Une, deux, trois... sept, Chuong compte les marches, tout en montant l'escalier. Pourquoi marque-t-il toujours une pause sur la septième marche ? Il s'y arrête, il reprend son souffle et il lève les yeux vers la porte éternellement close de la chambre de Hien. Que fait-elle en ce moment ? se demande-t-il. Question bien vaine : Chuong sait parfaitement qu'à cette heure-ci, la jeune fille est installée comme toujours près de la fenêtre, dans son fauteuil de rotin, sur son coussin. Un livre ouvert à la main, elle lit... La chambre est petite et n'a qu'une fenêtre ; pourtant, Hien n'en laisse jamais la porte ouverte. Elle n'allume non plus jamais la lampe : la lumière du jour, qui entre par le seul battant ouvert de la fenêtre, lui suffit. Quand elle ne voit plus assez clair, elle abandonne alors sa lecture.

Lorsque Chuong arrive, lorsqu'il frappe à la porte, elle dit : « Entre, mon cher Chuong ! » Elle sait toujours que c'est lui et pas quelqu'un d'autre, quand Chuong frappe à la porte : jamais elle ne s'y trompe. Qu'a-t-il donc d'exceptionnel, son coup de frappe ? Chuong lui a posé la question, un jour. « Je ne saurais l'expliquer, mais à chaque fois, je te reconnais ; je suis certaine que c'est toi ! » a-t-elle répondu simplement.

Huit, neuf, dix... dix-sept... Chuong marque une longue pause sur la dix-septième marche, puis il frappe.

— Entre, mon cher Chuong !

La voix de Hien s'est fait entendre du fond de la pièce. Douce et menue. Chuong pousse lentement la porte et il pénètre dans la chambre. Hien est dans son fauteuil, un livre ouvert sur les genoux. Elle a pour le jeune homme un regard souriant de petite fille. Voilà maintenant plus de trois ans qu'ils se connaissent, mais le rite de leurs retrouvailles est immuable. Et Chuong, comme s'il n'avait jamais rien fait d'autre de sa vie, avance « sa » chaise près du fauteuil et s'assoit.

— Que lis-tu ?

— Oh ! C'est un livre que plus personne ne lit aujourd'hui.

Elle rit, mais son rire est aussi fragile et léger qu'une aile de papillon qui se serait égarée dans cette chambre.

— Pourquoi n'as-tu pas téléphoné avant de venir ?

— Mais, tu sais bien que je viens toujours le mardi... Et puis je préférais te faire la surprise.

— Je n'aime pas tellement les surprises.

Hien ne dit plus rien. Doucement, sa main passe du bras du fauteuil vers la main de Chuong : une petite main tiède qui se love dans la main du garçon comme un oisillon dans son nid. Puis elle retire sa main pour saisir les deux mains du jeune homme qu'elle amène à elle et y cache son visage ; elle respire lentement, profondément :

— Tes mains sentent le tabac, mais j'aime leur odeur ; elle m'est si familière...

Le cœur de Chuong bat très fort. Il regarde les longs cheveux, le corps menu de la jeune fille comme un rai de lumière, comme ce rai de lumière qui entre par le battant ouvert de la fenêtre.

— Viens ! Je vais te montrer la nouvelle relique de ma collection.

Hien entraîne le jeune homme vers une grande table, dans un angle de la chambre, où sont exposés pêle-mêle divers objets qu'elle appelle ses reliques : une pierre de l'Himalaya, une grande cannelle de Chine, une feuille de styrax qui vient d'Inde, deux écailles de pangolin, un cierge à demi-consumé qui a été rapporté de Notre-Dame de Paris... Hien saisit un œuf de la taille d'un œuf d'oie :

— Sais-tu ce que c'est ?

— La coquille de l'œuf que tu as mangé ce matin.

— Mais non. Ne te moque pas de moi ! C'est l'œuf d'un animal sacré, murmure Hien à mi-voix, en tremblant légèrement.

— De quel animal ? demande Chuong en chuchotant, pour imiter son amie.

— D'une grande tortue. Mais d'une tortue blanche. As-tu jamais entendu parler de la tortue blanche ?

— Bien sûr. Mais c'est une légende !

— Non, non. Celle-là existe réellement ; ce n'est pas une tortue de légende.

— Comment peux-tu en être aussi sûre ?

— C'est mon secret. Un jour, j'écrirai un livre sur ces reliques. Mais, là, je n'ai rien inventé. J'ai vu les tortues bouger et briller. Parfois la nuit, j'entends des sons étranges. Comme une musique divine.

Le soleil a disparu derrière les hautes toitures des hôtels qui encerclent la maison de Hien ; la chambre est plongée dans l'obscurité.

— Cher Chuong, dit doucement Hien en se blottissant contre le jeune homme, entends-tu mon cœur qui bat ?

— Oui, oui.

— Je t'aime ; tu le sais ?

Ce ne sont pas seulement les lèvres de la jeune fille qui disent leur amour, mais c'est son corps tout entier qui parle. Et le cœur du jeune homme en est brisé de douleur.

— Je t'aime… je t'aime tant.

La voix de Hien est de plus en plus ténue ; elle frotte sa frimousse contre la poitrine de Chuong et ferme les yeux. Chuong entend du bruit en bas de l'escalier :

— C'est sans doute ta mère qui rentre de son travail, dit-il en desserrant son étreinte.

— Serre-moi encore dans tes bras. Ne m'abandonne pas. J'ai si peur…

La voix de Hien est aussi pâle que la lueur de cette fin de journée. Chuong a comme le pressentiment que bientôt, la jeune fille elle aussi, ne sera plus qu'une relique dans celle chambre… Tout ce qui est là, tout ce qui vit et qui palpite dans cette pièce, ne sera plus un jour que souvenir, pense-t-il tristement ; même cette lueur, même cette oasis de calme, même le tic-tac régulier de la pendule…

— Tu ne trouves pas que j'ai meilleure mine ? demande soudain Hien.

— Tu es beaucoup mieux que le mois dernier, c'est évident. Mais, tu devrais sortir un peu ; il y a maintenant plein d'endroits très gais en ville.

— Je déteste les endroits « très gais » ; ils me fatiguent et me donnent le tournis. J'aime ma chambre, avec tout ce qui s'y trouve, jusqu'à ce lapin en peluche que maman m'a offert pour mes trois ans. Et puis, c'est auprès de toi que j'ai envie d'être. Je t'aime.

Chuong caresse les cheveux de la jeune fille ; elle est heureuse, elle se met sur la pointe des pieds pour se serrer contre lui. Ils s'embrassent, bercés par le tic-tac de la pendule. Le cœur de Hien bat fort, très fort ; il semble emplir la pièce entière de son battement… Chuong se détache d'elle très vite : il est inquiet, il n'ose plus faire le moindre geste, il demande dans un souffle :

— Ça va ? Tu te sens bien, Tu n'as pas mal ?

Hien fait signe que non.

— Ta mère est là maintenant. Moi, je dois rentrer… J'essaierai de revenir demain…

— Appelle-moi avant. J'aime tellement t'attendre. Je t'aime. Je t'aime. Je voudrais pouvoir rester longtemps, longtemps auprès de toi.

— Promis. Je t'appellerai.

En bas, Chuong trouve la mère de Hien qui prépare le dîner dans la cour ; elle le regarde et se lève avec lenteur. Elle pousse un soupir.

— Je vous demande pardon, dit-il maladroit.

— Oh ! Tu n'as rien à te faire pardonner, tu n'as rien fait de mal… Ce serait plutôt à moi de te demander pardon, mais vois-tu, tout ce que je souhaite, c'est qu'elle vive le plus longtemps possible. Chaque journée de gagnée, c'est une journée de douleur en moins.

La mère, en pleurant doucement reprend :

— Le médecin est passé hier.

— Qu'est-ce qu'il a dit ?

— Qu'il n'y a plus d'espoir !

La voix de la mère est comme étranglée

— Il dit qu'à la moindre émotion, elle… À l'hôpital, ils disent qu'elle n'en a plus que pour quelques mois.

Chuong est terrassé ; les larmes inondent son visage.

— Mais, il n'y a vraiment rien à faire ?

— Non ? ce qu'elle a est très grave. La seule chance serait une transplantation cardiaque… mais il y a peu d'espoir, et puis, c'est une opération si délicate. Il ne faut pas m'en vouloir, tu sais. Je ne veux pas t'empêcher de venir la voir, mais tu dois me comprendre… elle t'aime tellement…

Il y a quelques mois, Chuong a dit à Hien qu'il désirait l'épouser ; la jeune fille en a parlé un soir à sa mère. La mère s'est mise à pleurer, puis elle a conseillé à Hien de commencer par guérir, de s'occuper avant tout de sa guérison. Elle savait bien pourtant que le cas de sa fille était désespéré, que jamais elle ne guérirait… Mais elle n'a pas eu le courage de le lui avouer. Elle a passé plusieurs nuits blanches, elle a versé beaucoup de larmes et elle a fini par révéler la terrible vérité à Chuong.

Chuong, alors, s'est mis à errer la nuit comme un loup solitaire. Le jour, il cherchait et dévorait tout ce qui avait été publié sur les maladies cardiaques : il trouverait peut-être quelque part, un petit bout d'espoir… Il est allé voir des médecins connus, auxquels il a demandé des précisions sur le mal qui avait frappé Hien… Hélas, il s'agissait d'une maladie très rare…

Et chaque visite qu'il rendait à Hien, était pour lui une source de souffrance, chaque fois plus cruelle. Il imaginait déjà la mort de cette jeune fille qu'il aimait tant. Contre laquelle, il ne pourrait rien. Rien.

Alors, il a fait taire son amour. Pour que cette minuscule flamme de vie ne s'éteigne pas tout de suite. Pour qu'elle brille encore – ne serait-ce qu'une minute de plus. Pour que son cœur batte très fort encore une fois, en montant les marches…

Pourquoi donc appelle-t-elle reliques ces souvenirs qu'ont rapportés des parents, des amis ? La question trouble Chuong. Dire qu'un jour, la jeune fille qu'il aime ne sera plus elle aussi qu'un souvenir, une relique.

Comme abruti, Chuong se mêle à la foule. Il lui faut oublier ces pensées épouvantables.

Pendant ce temps, dans la petite chambre, Hien est silencieuse, dans l'obscurité qui a maintenant gagné la pièce entière. Elle sourit. Elle est heureuse. C'est la joie immense qui l'envahit lorsque son cœur bat, l'après-midi, quand elle attend son amoureux. Son cœur fait des bonds, parfois il a des ratés et il retombe pareil à un fruit trop mûr.

Comme les autres soirs, elle est là, Hien, le visage bien droit, les yeux fermés, fière et confiante. Dans ces moments-là, il y a comme une vie mystérieuse qui anime les objets et ses reliques dans la chambre.

— Il sera là demain, disent doucement les lèvres de Hien ; je le garderai près de moi, longtemps. Et bientôt, je serai sa femme, je lui donnerai un enfant... Oh ! – d'avoir eu cette pensée la fait rosir de confusion – mais, j'en ai tellement envie ! C'est comment quand ça sort du corps d'une femme, un enfant ? J'ai lu tant de livres... j'ai imaginé tant et tant de choses... et il me semble que rien ne sera aussi mystérieux, aussi extraordinaire, qu'un petit enfant sortant de mon corps.

Maintenant, une main invisible serre le cœur de Hien ; le front de la jeune fille ruisselle de sueur. Les reliques, sur la table, se mettent à briller étrangement et à vibrer dans une douce musique ensorcelante.

Traduction : Dô Phóng Mai

Le terrible secret des cheveux blancs de la vieille Nhim

Nguoi dan ba toc trang

C'était la première fois de ma vie que je voyais un pareil cortège de funérailles sans entendre le moindre pleur. Les airs lugubres de l'orchestre traditionnel tenaient lieu de sanglots, comme si les êtres humains ici n'avaient pas encore l'usage de la parole. Pas non plus d'oraison funèbre. Il existait pourtant, dans ce village, un homme préposé aux discours qui accompagnent les vieillards morts de leur belle mort ; mais quand la vieille Nhim a rendu l'âme, cet homme a été paralysé et n'a pas réussi à écrire une seule ligne.

Après l'enterrement de la vieille femme, là-bas dans les champs, en rentrant chez moi, je suis passé devant sa maison. Je suis resté là un long moment, abîmé dans la contemplation de cette demeure. À l'époque où je fréquentais l'école du village, il nous arrivait souvent, à nous les gamins, de nous glisser subrepticement dans le jardin de madame Nhim pour chaparder quelques goyaves bien mûres... La maison n'avait pas changé : profonde et silencieuse comme un tombeau. L'immense cour dallée de briques était toujours jonchée de feuilles de goyaviers, de jaquiers et de pamplemoussiers. Le puits, creusé depuis

Dieu sait quand, donnait toujours une eau limpide comme de l'eau de roche, qui vous glace les doigts.

C'est là que la vieille Nhim a vécu pratiquement toute sa vie. Elle sortait rarement. Elle été veuve à l'âge de quatorze ans d'un mari sans doute très riche, si l'on en croit ce qui reste, aujourd'hui encore, de la maison et du jardin. Tous dans cette famille avaient, dit-on, des teints blafards et olivâtres et tous sont morts à la suite de ce mari, les uns après les autres... Quant à elle, jusqu'à sa mort à l'âge de quatre-vingt-cinq ans, on ne lui a jamais connu que des cheveux tout blancs. Des cheveux étranges, translucides et raides comme des fils de nylon.

Elle vivait de la vente des fruits de son jardin : bananes, jaquiers, goyaves et papayes. De plus, elle détenait le secret de la fabrication d'emplâtres très efficaces qu'elle avait commercialisés : elle préparait ce médicament dans un de ces pots de grès où l'on prépare habituellement la saumure de crevette. Si un enfant du village contractait les oreillons, s'il avait un furoncle, ou si ses ganglions étaient engorgés, on appliquait aussitôt un emplâtre de madame Nhim pour le soigner. Dès la première nuit d'application, en général, le pus était résorbé, les ganglions désenflaient. Parce qu'elle déposait l'emplâtre sur une feuille de jaquier découpé en rond, on avait appelé son emplâtre, l'emplâtre-jaquier. On venait de très loin pour lui en acheter. Même après l'ouverture du dispensaire du canton qui disposait pourtant de médicaments traditionnels et occidentaux, le succès des emplâtres de madame Nhim ne désarma jamais. Ce qui lui permit de bien vivre, sans jamais avoir à demander l'aide de quiconque. Au village, on racontait mille choses étranges sur son compte ; pour nous aussi, les enfants, elle était un peu sorcière : une sorcière comme celles des contes de notre enfance.

Quand elle atteignit l'âge de soixante-dix ans, il y eut quelqu'un pour vivre auprès d'elle : une petite mendiante qui, par un soir d'hiver triste et froid, avait frappé à sa porte et demandé la charité. La vieille transperça l'enfant de ses yeux glacés, aussi clairs que l'eau de son puits.

— Où sont tes parents, pour que tu erres ainsi, la main tendue ?

— Madame, ils sont morts tous les deux.

— Et avec qui tu vis donc ?

— Avec personne. Je mendie pour vivre.

— Comment t'appelles-tu ?

— Je m'appelle Nhut [1].

— Quel nom bizarre ! Eh bien, moi, je t'appellerai Gung [2], ça te réchauffera un peu. Tu vas rester ici avec moi et tu auras à manger tous les jours.

— Je vous remercie, Madame. Je demeurerai près de vous, pour être votre servante.

— Je n'ai pas besoin de servante. Mais tu devras m'obéir. Tes ancêtres et tes parents ont dû être bien mauvais, ou bien bêtes, pour que tu en sois réduite à ce triste sort… Entre donc. Mais, tu pues comme un bouc ! Va d'abord te laver au puits !

À partir de ce soir-là, Gung est restée chez la vieille Nhim. Elle faisait le ménage dans la maison, elle balayait la cour, elle ramassait les fruits qu'elle allait vendre. Elle ne quittait la maison que les jours de marché ; elle vivait dans le silence absolu comme la vieille Nhim, et c'est ainsi, dans ce silence, qu'elle a grandi. Un soir, comme Gung était auprès d'elle occupée à l'épouiller, la vieille lui dit :

---

1. *Nhut* : timide, craintive (*N.d.T*).

2. *Gung* : gingembre (*N.d.T*).

— Tu sens vraiment mauvais. Tu dois avoir l'âge à ça. Enlève ta culotte pour voir.

Aussi machinalement qu'elle faisait chaque jour son ménage, la petite obtempéra.

— Laisse, dit la vieille en nouant ses cheveux. Arrête ça ! Va te laver au puits.

Un jour, alors qu'elle rentrait du marché, Gung rencontra Mô, un gars du village qui menait sa charrette tiré par un bœuf. Mô n'était pas très grand, mais c'était un gars bien bâti ; il fit ralentir sa bête :

— Mets ton panier dans la charrette.

Gung le regarde à la dérobée et poursuit son chemin sans dire un mot.

— N'aie pas peur ! C'est gratuit. On est du même village.

Gung marche toujours du même pas, sans desserrer les dents. Mô saute à terre, saisit le panier sur la tête de Gung et le pose dans la charrette.

— Rends-moi mon panier. Je n'ai besoin de personne !

Dans un éclat de rire, Mô découvre ses dents jaunies par le tabac, et il se pose sur un des brancards de la charrette, jambes ballantes, sans perdre de vue Gung qui le poursuit en courant.

— Tu habites au village Chua ?

— Oui. Dans le même hameau que toi. Un jour, tu m'as même vendu un jaquier. Tu ne t'en souviens pas ?

— Je ne fais pas attention à mes clients.

— Désormais, tu feras attention à moi ?

— Non ! C'est pas la peine.

— Viens t'asseoir dans la charrette. C'est plus pratique qu'une automobile, tu vas voir.

Mô immobilise alors l'attelage, et tout apeurée, Gung monte dans la charrette.

Et le bœuf poursuit sa route, le long de la digue du village.

— Pourquoi tu ne vas jamais voir personne ? Ce n'est pas trop triste de rester toujours enfermée comme ça, chez toi ?

— Grand-mère ne me permet pas de sortir. Et d'ailleurs, où est-ce que j'irais ?

— Chez moi.

— Non.

Gung sévère, dévisage Mô, mais elle rougit aussitôt.

— Tiens ! Je t'en fais cadeau, dit Mô en sortant de sa poche un fruit de plaqueminier de la taille d'un œuf, il est petit, mais il sent bon !

Gung prend le fruit, l'approche de son nez, renifle tandis que Mô regarde les petits seins de Gung cachés sous la chemise indigo, et se sent tout troublé. À l'entrée du village, Mô saute à terre, il aide Gung à remettre le panier sur sa tête.

— Au prochain marché, tu seras là ?

— Je n'en sais rien, répond Gung qui file à toute vitesse.

Le soir, passant devant Gung, la vieille Nhim s'immobilise brusquement : elle renifle quelque chose :

— Tu as un fruit de plaqueminier ?

— Oui, répond Gung du fond de son lit.

— Où tu as trouvé l'argent pour acheter ça ? hurle la vieille. Une fille qui aime le parfum du plaqueminier, c'est une traînée. Où tu l'as mis ? Montre-moi ça !

Tout en posant sa question, la vieille soulève l'oreiller de Gung ; elle y découvre le fruit défendu et le jette violemment contre le mur où il s'écrabouille. Gung se redresse sur son lit, infiniment triste ; dans les ténèbres, l'odeur du plaqueminier monte, entêtante, terrible. Gung pense à Mô.

Elle ne sait rien de ce garçon, pas même son nom… et pourtant, pour la première fois de sa vie, elle a bien du mal à trouver le sommeil.

Et au marché suivant, Mô est là, qui attend Gung. Quand il la voit sortir du marché, il se précipite et l'aide à mettre le panier dans la charrette.

Et les voilà tous deux, comme de vieux amis. La charrette s'ébranle, Mô sort de sa poche un petit miroir qu'il tend à Gung :

— Tiens ! Je l'ai acheté pour toi. Tu pourras t'en servir pour te peigner.

Gung saisit le miroir et se regarde : c'est la première fois qu'il lui est donné de voir son visage. Elle devient toute rouge et serre le miroir contre sa poitrine. Elle regarde Mô et, troublée, dit n'importe quoi.

— Ça secoue, ta charrette !

Dans l'après-midi, Gung ira vers le puits. Elle sortira tout doucement le miroir de sa poche pour se regarder ; son image l'amuse et l'étonne, elle rit, elle se fait une grimace, elle fronce le nez, elle se dit bonjour… et soudain un sursaut !

Derrière son visage, là, il y a un autre visage, un visage tout ridé avec des cheveux blancs… Effrayée, elle se retourne : la vieille Nhim se tient derrière elle… Terrifiée, elle essaie de cacher le miroir.

— Ça par exemple ! Une pauvre mendigote comme toi qui se fait une beauté ! Une fille qui se regarde dans les glaces, c'est une traînée. Donne-moi ça, et vite !

Joignant le geste à la parole, elle arrache le miroir des mains de la jeune fille qui n'oppose aucune résistance. Jamais, depuis qu'elle est au monde, Gung n'a résisté à quiconque. La vieille, d'un mouvement violent, jette sur le sol dallé le miroir qui se brise en mille morceaux au pied du puits.

— Sale petite voleuse ! Je te donne de l'argent pour les courses, et toi, au lieu d'acheter du riz et du sel, avec mon argent, tu t'achètes un miroir. Tu te rends compte que tu n'es qu'une misérable mendiante des grands chemins ?... Pour ta peine, tu seras privée de nourriture pendant trois jours : ça ma remboursera l'argent du miroir !

— Mais, grand-mère, proteste Gung en larmes, je ne vous ai pas volé votre argent !

— Tu avais de l'argent à toi, peut-être ?

— Non. Mais le miroir, je ne l'ai pas acheté : c'est un cadeau...

La vieille Nhim écarquille les yeux et regarde l'enfant, cette enfant qui, pour elle, ne rencontrait jamais personne ; qui, comme elle, ne devait jamais rencontrer personne.

— Ah bon ! Tu t'es mise à fréquenter ? Eh bien, à partir d'aujourd'hui, interdiction de sortir !

Elle s'éloigne sans dire un mot de plus, tandis que Gung continue à pleurer silencieusement. Et les jours suivants, c'est la vieille Nhim qui ira jusqu'à la boutique du coin, acheter les quelques denrées indispensables...

Mais les nuits de Gung sont agitées : elle se réveille plusieurs fois, elle songe au petit chemin sur la digue, là-bas, qui mène au marché ; elle entend le grincement des roues de la charrette, elle sent l'odeur âcre des herbes que le garçon transporte. Elle ne bouge pas, mais les ténèbres de la nuit sont désormais pour elle, peuplées de mystères qui l'oppressent et l'effraient. Elle se lève et sans faire de bruit, sort dans la cour. Elle s'assoit sur la terrasse. Qui était-elle avant d'échouer ici ? Elle n'en sait plus rien : jamais, depuis la mort de ses parents, elle n'a brûlé pour eux le moindre bâtonnet d'encens et jamais il ne lui est venu à l'esprit qu'elle pourrait quitter cette maison un jour. Jusqu'à présent, pour elle, seuls deux êtres humains existaient sur terre : la vieille Nhim et elle... et voilà qu'aujourd'hui, un troisième personnage, un homme, Mô, a fait son apparition... Elle ne rêve plus que d'une chose ; s'asseoir dans la charrette de Mô et s'enfuir. Loin d'ici. Pour toujours.

— Qu'est-ce que tu fiches ici ?

De l'autre côté de la porte vermoulue, la voix de la vieille Nhim a troué la nuit noire. Gung a tressailli et elle revient lentement sur terre, mais elle ne donne aucune réponse à la vieille.

— Il n'y a que les chattes pour attendre comme ça, dans le noir, dehors. Une fille qui se réveille au milieu de la nuit, c'est une...

La vieille ne finit pas sa phrase et va se recoucher. Gung alors, a très froid et frissonne : comme si la vieille la suivait partout où elle allait, comme si il n'y avait pas UNE vieille Nhim, mais cent, mais mille, à rôder autour d'elle, à l'envelopper d'un vent glacé venu de l'enfer, et qui vous donne la chair de poule.

Un soir, alors qu'elle ramasse du bois mort, Gung s'entend appeler du haut des branches qui dépassent le mur du jardin.

— Gung ! Hep, Gung !

Effrayée, elle ouvre grand ses yeux et parmi les feuilles qui bruissent, elle aperçoit le visage de Mô. Ouf ! elle pousse un soupir et un petit sourire éclaire son visage.

— Pourquoi on ne te voit plus jamais au marché ? Je t'ai cherchée, à chaque marché.

— Grand-mère m'a interdit d'y aller !

— Gung, je me languis de toi.

— Ah bon ? s'étonne Gung avec toute sa naïveté. Moi aussi, je me languis de toi.

— Demain, c'est jour de marché à Tia. Tu y seras ?

— Non. Je ne peux pas. Grand-mère me défend de sortir.

— Quand on veut, on peut toujours. Il ne faut pas avoir peur comme ça.

— Mais c'est elle qui me nourrit et qui me fait vivre. Je n'ose pas lui désobéir. Je m'ennuie terriblement.

— Quand on est jeune, qu'on est en pleine force, on ne dépend de personne. Si tu veux, je ferai les démarches pour qu'on t'attribue une parcelle de rizière. Ainsi, tu pourras gagner ta vie.

— Oh ! Maintenant sauve-toi vite, dit Gung avec un gros soupir. Moi, il faut que je rentre, grand-mère ne va pas tarder à m'appeler.

— Écoute-moi ! Mô tremble un peu en parlant. J'ai quelque chose à te dire. Je t'attendrai ici cette nuit, quand la lune sera levée.

— Non, non ! Ne fais pas cela. C'est impossible !

— Si tu ne viens pas, c'est moi qui me faufilerai dans la maison.

— Surtout pas ! Si jamais grand-mère s'en apercevait, elle me chasserait.

— Gung ! J'ai envie d'être avec toi. J'ai envie de bavarder avec toi. Pas toi ? Tu ne veux pas ?

— Si... Si... Mais je ne peux pas.

Gung ramasse en vitesse les derniers bouts de bois mort et se dépêche de rentrer dans la maison. Avant de s'échapper, Mô a le temps de dire encore :

— Je grimperai par le mur. Attends-moi, hein ?

Et cette nuit-là, la lune répand généreusement sa lumière ; un rayon pénètre par une fente de la cloison et descend doucement sur le lit de Gung. La petite a de la peine à respirer, elle pense à Mô qui s'impatiente là-bas... au bout du jardin. Le reste de la pièce est plongé dans l'obscurité la plus noire et il y plane un silence glacial : mais Gung croit deviner que les yeux de la vieille, deux billes phosphorescentes, l'observent du fond des ténèbres et l'épient. Alors elle se tourne vers le mur, elle ferme les yeux et essaie de ne plus penser aux paroles de Mô qui pourtant bourdonnent encore à ses oreilles.

La nuit avance, la lune est de plus en plus claire et c'est un peu pour Gung comme si le garçon l'appelait à son rendez-vous d'une voix de plus en plus pressante. Elle finit par se lever, tremblante. Elle reste d'abord assise un long moment sur le bord de son lit, puis elle se décide à courir dans le jardin, rejoindre le garçon.

Dès qu'il l'aperçoit, Mô la prend dans ses bras. Gung n'oppose aucune résistance : elle accueille l'empressement de Mô comme elle a accueilli les gestes de la vieille Nhim et son triste sort. Un sort d'une telle solitude et d'une telle misère morale ! Elle est immobile entre les bras du garçon, troublée cependant. Soudain, elle découvre combien la lune est belle, qui brille dans la nuit noire.

— Gung !

— Oui.

— Je voudrais que tu sois ma femme.

— ...

— Je voudrais que tu viennes vivre avec moi, chez ma mère.

— Ne dis pas cela. Ça va me faire trop de mal. Tu sais, je suis orpheline de père et de mère. Je n'ai pas de maison. Je ne suis qu'une pauvre mendiante.

— Gung ! Il ne faut pas parler comme ça ! Tu me brises le cœur. Je t'aime, moi. Ma mère dit que tu es une bonne fille.

— Qu'est-ce qu'elle en sait, ta mère ?

— Elle t'a aperçue plusieurs fois. Elle dit qu'il suffit de regarder quelqu'un dans les yeux, pour savoir s'il est bon ou s'il est méchant.

— C'est vrai ? Ta mère a dit cela ?

Gung se redresse pour regarder Mô. Elle appuie sa tête sur l'épaule du garçon et elle pleure doucement. Tout en essayant de contenir ses larmes, elle dit, maladroite : « Mon amour... », d'une voix si faible que seul Mô peut l'entendre. Une petite voix qui vient du fond de ce cœur resté solitaire et misérable pendant si longtemps. Mô la serre très fort contre lui, et pose sur son visage des baisers timides et maladroits.

— Gung. Nous allons nous marier. Tu veux bien, dis ?

Gung secoue la tête. Elle pleure toujours. Pour elle, la vie devait se passer dans cette maison froide et vide, comme une eau éternellement stagnante... Alors l'irruption d'un homme comme Mô est un miracle qu'elle reçoit avec toute sa gentillesse et son innocence. Contrairement aux filles de son âge, elle n'a aucune notion de ce qu'est la virginité. Elle ne comprend qu'une seule chose : désormais, elle appartient tout entière à Mô. Les deux bras du garçon ne sont là que pour l'envelopper, la bercer, la faire ployer très doucement... Des larmes coulent toujours le long de ses joues ; elle sent sous le poids de son corps, à terre, le crissement des feuilles mortes. Elle est comme inondée par la clarté de la lune ; sur sa peau coule une rivière douce, infiniment, mais elle frissonne soudain : c'est un fleuve irisé de soleil qui maintenant les emmène, elle et Mô, dans un monde merveilleux...

Et une nuit, elle se réveille brusquement. Elle a mal là, dans son ventre ; cette douleur dont elle ne connaît pas la cause, l'effraie. Alors, elle se lève et sort dans la cour ; on dirait que la rosée a laqué les dalles ; elle avance jusqu'à l'extrémité de la maison et s'étonne de voir du feu dans la cuisine. Elle s'en approche avec prudence et aperçoit la vieille Nhim occupée à faire bouillir quelque chose dans un chaudron. Les lueurs qui tremblent lui permettent de distinguer des crapauds écorchés vifs sur une feuille de bananier ; la forte odeur de la chair des crapauds lui monte à la gorge et, saisie de vertige, elle est prise de nausée ; elle s'éloigne en vitesse mais au bruit qu'elle a fait, la vieille Nhim a sursauté :

— Qui va là ?

D'une main, la vieille tient la lampe à pétrole et de l'autre, elle brandit un tison ardent ; elle aperçoit Gung :

— Sale petite ingrate ! Tu as mangé ma soupe et maintenant tu pisses dans la soupière. Je vais te filer une bonne raclée pour t'apprendre à m'espionner.

Et joignant le geste à la parole, elle frappe avec le tison la petite qui se protège la tête de ses deux bras. Mais elle n'arrachera pas une larme à Gung…

Dans le ventre de Gung cependant, le bébé grossit chaque jour davantage et la vieille Nhim finit par s'en apercevoir.

Un jour, pendant le repas, elle pose son bol sur le plateau et regarde Gung droit dans les yeux.

— Qu'est-ce qu'il y a dans ton ventre ? Mets-toi debout un peu que je voie ça.

Gung ne mange plus. Elle reste immobile et silencieuse.

— Debout ! hurle la vieille.

Gung la regarde et lentement, elle se lève. Elle n'est plus qu'un pauvre oiseau fasciné et hypnotisé par un chat menaçant.Comme le diable, le chat avance vers l'oiseau, il lève la patte griffue sur le petit animal qui tremble d'épouvante.

— C'est du propre ! Une fille sans mari, enceinte ! Ainsi tu as souillé ma maison et tu vas me faire mourir avec cette saloperie.

Elle dit cela, la vieille Nhim, et maintenant, elle éclate en sanglots. Voilà des années que Gung vit dans cette maison, aux côtés de cette femme, mais jamais encore elle ne l'avait vue verser la moindre larme. Et d'un seul coup, la frayeur et toute la rancune de Gung s'évanouissent ; elle est sans défense devant les sanglots de la vieille femme, qui lui inspire plutôt de la pitié maintenant ; et à son tour, elle se met à pleurer.

Au bout d'un moment, les larmes de la vieille cessent ; elle essuie les yeux avec un pan de sa chemise. Puis elle allume la lampe à pétrole et grimpe péniblement les quelques marches qui mènent au palier de vieux bambous servant de grenier. Elle ouvre un grand coffre en bois aux ferrures de cuivre et en sort un petit vase de porcelaine blanche qu'elle serre précieusement dans ses mains avant de se laisser tomber sur le plancher en soufflant.

...Elle avait douze ans... on l'avait mariée à cet homme, unique rejeton d'une riche famille. Mais au bout de deux ans à peine, elle était veuve. Puis tous les membres de la famille disparurent les uns après les autres. Le père de son mari fut le dernier à mourir ; or, la veille de son décès, il demanda Nhim à son chevet.

— C'est sans doute ma dernière nuit en ce bas monde, lui dit-il, et je dois te faire quelques recommandations avant de disparaître. Ma famille vit dans ce pays depuis plusieurs générations ; toutefois nous ne sommes pas d'origine vietnamienne. Nous appartenons à la lignée des Vu et la maison du culte de nos ancêtres est là-bas, en Chine, à Trieu Chau. Je n'ai jamais reçu de nouvelles des nôtres, de ceux qui sont restés au pays, mais par télépathie, je sais comment vont leurs affaires. Toi qui appartiens à cette lignée des Vu, aussi longtemps que tu vivras, il te faudra brûler l'encens pour évoquer l'âme des Vu en chaque circonstance rituelle. Et lorsque sonnera ta dernière heure, ton âme s'en ira rejoindre les âmes de tous les Vu disparus. Nos ancêtres devaient être bien tracassés dans l'au-delà pour rappeler à eux ton époux aussi vite… et aujourd'hui mon tour est arrivé. Ton époux et toi, vous serez réunis un jour sur cette terre, dans une autre vie. Mais, désormais, la charge de cette maison et le culte des ancêtres reposent sur toi seule. Afin de gagner ta vie, tu continueras à fabriquer des emplâtres, en respectant la tradition de notre famille. Et surtout, tu ne transmettras jamais à quiconque le secret de cette fabrication. Aucun homme, jamais, n'aura le droit de vivre dans cette maison. Si d'aventure, tu recueillais un jour une femme pauvre mais honnête, tu pourrais lui permettre de vivre ici auprès de toi, cela te fera une compagnie. Mais attention, garde-toi surtout de laisser un homme s'approcher de toi ou d'une autre femme qui vivrait sous ce toit. Si par malheur, cela se produisait, pour ta pénitence, il te faudrait immédiatement rejoindre les ancêtres Vu…

Ayant terminé son discours, l'homme demanda à Nhim de sortir un vase de porcelaine blanche d'un coffre aux ferrures de cuivre. Du vase, il a sorti une poudre blanche qu'il a versée dans un verre d'alcool. Il a tendu le verre à Nhim :

— Bois cette potion. Elle te permettra de rester fidèle à ton défunt mari et de toujours vénérer tes ancêtres Vu. Si un jour tu héberges quelqu'un dans cette maison et que cette personne, par malheur, en vienne à souiller l'honneur des Vu, il faudra lui administrer cette potion aussitôt, afin d'écarter d'elle les tentations du démon ; purifiée, elle pourra alors continuer à vénérer les ancêtres Vu.

Nhim pleurait ; elle porta le verre à ses lèvres et but la potion. Le lendemain matin le beau-père avait rendu l'âme. Une fois terminée la cérémonie funèbre, Nhim fut plongée dans un profond sommeil qui dura trois jours ; puis ses cheveux se mirent à blanchir, chaque jour davantage et très vite, ils furent tous blancs comme neige. Lorsque les trois ans de deuil furent passés, les parents de Nhim lui envoyèrent un ami, pour l'engager à retourner vivre dans son village natal.

Mais ce fut peine perdue ; cet homme s'entendit répondre :

— J'appartiens désormais à la lignée des Vu. Tant que je serai vivante, j'aurai le devoir de vénérer les ancêtres Vu. Après ma mort, c'est eux que j'irai rejoindre. Une femme se doit d'être fidèle à son époux et elle a en charge le culte des ancêtres de son mari mort.

Des dizaines et des dizaines d'années ont passé et voilà qu'aujourd'hui, pour la deuxième fois, Nhim ouvre le coffre et elle sait que ce geste annonce le moment proche, où elle ira rejoindre les ancêtres Vu. Elle a permis à Gung de vivre sous son toit parce que c'était une enfant pauvre et honnête. Pendant toutes ces années, elle a logé et nourri Gung, et à ses yeux, Gung a profité de tous les bienfaits des ancêtres Vu et maintenant, voilà que cette ingrate a entaché l'honneur de la famille ! Il faut donc suivre les recommandations du beau-père, il faut donner à Gung cette potion qui écartera de son chemin, les tentations du diable…

Seulement voilà ! Quand Nhim descend du grenier, tenant le vase dans sa main, Gung a disparu… La vieille la cherche partout.

Gung a cru lire une terrible menace dans le regard de la vieille Nhim lorsqu'elle est montée au grenier. Sombre pressentiment, panique, et à ce moment-là, dans le ventre de la jeune femme, le bébé s'est mis à bouger. Comme toutes les mères qui attendent leur premier enfant, Gung a été effrayée et n'a plus eu qu'une pensée : retrouver Mô. Elle est sortie dans la cour, elle a ouvert le portail et elle se sauve, elle court, elle demande à tous ceux qu'elle rencontre où se trouve la maison de Mô. Elle vit dans ce village depuis bien longtemps déjà, mais pourtant jamais elle n'a pénétré dans aucune maison, pas plus dans celle de Mô que dans une autre. Enfin arrivée sur le seuil de la maison du garçon, elle s'arrête. Son émotion et sa frayeur l'ont quittée. Ce qu'elle éprouve maintenant, c'est cette angoisse qu'elle éprouvait naguère, lorsqu'elle frappait aux portes pour demander l'aumône. Mô se précipite pour l'accueillir… il est tout embarrassé. La mère de Mô est là, qui d'abord fronce les sourcils en voyant la jeune femme, mais très vite, elle dit à son fils de faire entrer Gung dans la maison et elle s'adresse à elle avec beaucoup de douceur, comme si elle s'adressait à sa propre fille, puis elle disparaît dans la cuisine où elle met l'eau à bouillir.

Mô inquiet, s'approche de Gung :

— Que s'est-il passé ?

— J'ai peur ! répond Gung qui a du mal à respirer.

— N'aie pas peur. Ma mère est au courant, pour nous deux. Et elle ne nous en veut pas.

Pendant ce temps-là, dans la grande cour dallée de briques, la vieille Nhim appelle désespérément Gung. Quand elle a découvert le portail, qu'elle fermait toujours à clef, grand ouvert, elle s'est mise à sangloter, puis lentement, elle est allée vers le jardin. Oh ! elle n'a plus sa vivacité ni sa force d'antan... Elle ressemble désormais à une pauvre feuille morte ballottée par les vents.

Toute la nuit, elle a brûlé des bâtonnets d'encens et elle est restée prosternée devant l'autel des ancêtres Vu. Ses yeux froids et clairs comme l'eau de son puits étaient devenus vitreux. Et les jours qui ont suivi, elle n'a pas quitté son lit.

Lorsque Gung a appris que la vieille était au plus mal, elle est revenue dans la maison un après-midi. Elle tremble en entendant, dans cette cour si familière, le vent du soir qui fait tourbillonner les feuilles mortes... Leurs chuintements sur le sol sont comme des gémissements d'enfants. Gung doucement s'approche du lit où est prostrée la vieille Nhim. La pièce est sombre et l'humidité des vieux murs dégage une triste odeur de moisi. Un seul rai de lumière, un pauvre rayon du soleil couchant traverse la petite lucarne. La vieille est sur son lit comme une feuille de bananier desséchée, ses longs cheveux blancs dénoués autour d'elle.

— Grand-mère ! dit Gung en tremblant, les bras croisés sur ses seins comme pour contenir une peur terrible, grand-mère !...

Pas de réponse. Pas le moindre râle... Pas le plus petit mouvement, pas un souffle ! La pièce est écrasée de silence et le rai lumineux s'estompe peu à peu. Gung s'assied au bord du lit et soulève un bras de la vieille : mon Dieu ! C'est comme si elle tenait un bout de bois mort et glacé. Au bout d'un moment, elle se lève et va dans la cuisine préparer une soupe de riz.

Le lendemain matin, la vieille Nhim a repris connaissance : on dirait qu'elle est enfin sortie d'un long sommeil. Gung l'appelle ; la vieille la fixe un instant et murmure enfin :

— Mon enfant ! Aide-moi à me redresser un peu.

Gung la soulève et la prend contre elle.

— Grand-mère, je vous demande pardon. Je vous ai abandonnée alors que vous étiez malade.

Et elle pleure.

— Tu as… bien fait… de partir… sinon… La respiration de la vieille devient de plus en plus courte. Tu vas… ouvrir… le coffre et tu vas en sortir ma tunique blanche.

Gung aide la vieille à s'allonger et prend dans le coffre une tunique de soie blanche.

— Aide-moi à me changer.

Très doucement, Gung enlève les vêtements noirs de Nhim et l'aide à enfiler cette tunique de soie qu'elle voit pour la première fois. Le corps de la vieille femme est sec comme une feuille morte et blanc comme un linge.

— Ma fille, tu as vécu de longues années auprès de moi, mais tu ignores tout de moi. Ici, dans ce village Chua, personne, d'ailleurs, ne me connaît vraiment… Il y a bien longtemps, j'ai été une petite fille comme toi, j'allais à l'école et je ressemblais à toutes les filles des familles traditionnelles. J'étais toute jeune encore, et complètement ignorante des choses de la vie lorsqu'on m'a mariée. J'étais une femme mariée certes, mais j'étais toujours vierge : mon mari en effet, était un homme malade et impuissant. La nuit, il restait assis dans son fauteuil incrusté de nacre, et il marmonnait des phrases auxquelles je ne comprenais rien. Après la mort de mon mari, mon beau-père m'a proposé de faire l'amour avec lui, à plusieurs reprises, mais j'ai toujours dit non. Il m'interdisait de fréquenter quiconque au village, et la nuit il restait des heures à mon chevet à me parler ; il parlait, parlait… jusqu'à la troisième veille [1]… Je ne comprenais rien non plus à ses discours pleins de mystères et j'avais très peur. La veille de sa mort, il m'a forcée à avaler une potion dont sa famille gardait jalousement le secret…

La vieille Nhim s'est arrêtée brusquement, elle a ouvert ses yeux immenses et Gung voit les prunelles vitreuses inondées de larmes.

— Après avoir bu cette potion, je suis devenue une autre femme. Mes cheveux ont blanchi… Oh ! Je ne les ai pas perdus, mais ce que j'ai perdu peu à peu, c'est ma nature même de femme : les hommes me répugnaient et je me suis mise à haïr les femmes aussi. Pourquoi t'ai-je accueillie auprès de moi ? Peut-être parce que le jour où tu as frappé contre ma porte, j'ai vu tes yeux : des yeux qui étaient différents de ceux des Vu. Ce n'est que bien longtemps plus tard que j'ai pris conscience de ma condition misérable et c'est pour cela que j'ai reporté sur toi tous mes malheurs et toute la haine que je vouais aux autres. Le jour où j'ai compris que tu attendais un enfant, j'ai ressenti une telle souffrance, et le vide de mon existence à moi m'est apparu si grand, que j'ai voulu te tuer… C'est la vérité, mon enfant, je voulais te tuer ! C'est la vérité.

La vieille Nhim éclate en sanglots. Elle pleure comme un enfant et Gung pleure doucement. Elle revoit sa vraie

1. À peu près 3 heures du matin (*N.d.T.*).

grand-mère : du fond de ses souvenirs enfouis depuis tant d'années, elle retrouve l'image d'une vieille femme misérable et si douce.

Quand la vieille Nhim cesse de pleurer, c'est pour pousser son dernier soupir.

Gung crie le nom de Nhim et sa voix résonne lugubrement dans la pièce sombre et humide, à l'odeur de moisi. Dehors le vent souffle très fort... le bruit des feuilles mortes sur le sol dallé est encore une fois comme un gémissement d'enfant...

Gung se sauve de la maison : elle n'a qu'une idée en tête : retrouver Mô. Maintenant que la vieille Nhim est morte, elle n'a plus que lui au monde. Gung court vers la porte ; Mô et sa mère sont déjà là. Ils lui tendent les bras.

Traduction : Phan The Hong

Combien de *Banh Chung* pour le Têt, cette année ?

Quand vient le soir, il se met à pleuvoir… Ce sont sans doute les dernières pluies de l'hiver, puisque dans quelques jours, ce sera le Têt. Le vent soufflant de la langue de terre envoie en rafales des nuages de crachin vers le bas de la digue : le bruit de la pluie est si léger qu'on dirait un gémissement venu d'un ailleurs lointain. Sur cette langue de terre qui s'étire le long du village Chua, il ne reste qu'une maison : une minuscule chaumière où vivent depuis de longues années deux pauvres vieilles aux cheveux blancs. Tout blancs.

Ce soir, elles se tiennent là toutes les deux, dans le petit appentis qui leur sert de cuisine et que réchauffe la bonne odeur de la paille, des feuilles de bananier et du feu dans l'âtre. Sur un plateau de bois fendu, posé à même le sol de terre battue durci par le temps, fume un unique bol de soupe de légumes et de petits poissons. Les deux femmes sont assises chacune d'un côté du plateau : mêmes visages ridés, mêmes genoux cagneux…

— À qui as-tu acheté ces petits poissons ? demande An, qui touille la soupe avec ses baguettes.

— Aux petits gardiens de buffles, répond Mat, c'est eux qui les ont apportés.

— Combien les as-tu payés ?

— Deux mille dongs.

— Il y en a bien trop ! Tu en achètes toujours trop… Tu aurais dû leur en laisser la moitié.

— Mais ils n'en avaient qu'une petite poignée ! Qui donc leur aurait acheté le reste ?

— Tu aurais pu les cuire un peu plus longtemps, bougonne encore An, les arêtes me font mal aux dents !

— Mon Dieu ! Ils sont tout petits… Ils n'ont même pas d'arêtes.

— Pour toi, bien sûr ! Tu as encore de bonnes dents. Mais moi, je n'ai plus rien pour mâcher…

Les deux femmes mangent lentement, tout en continuant à marmonner doucement, tandis que dehors, la pluie poursuit, inlassable, son léger murmure. Pour troubler ces bruits imperceptibles, il n'y a de loin en loin que l'aboiement d'un chien, là-bas dans les fermes de l'autre côté de la digue.

— Ça y est, je te l'avais bien dit, s'écrie An à mi-voix, en toussotant, j'ai une arête en travers de la gorge. Miséricorde !

— Crache, mais crache ! Elle va sortir cette arête !

Mat s'inquiète. An pose son bol sur le plateau, se tourne sur le côté et se met à cracher par terre à plusieurs reprises.

— Ça vient ?

— Non ! Ah misère ! Je vais en mourir, c'est sûr…

— Arrête de dire des bêtises… Oh ! Attends, je vais te guérir avec un sortilège…

Et Mat saisit rapidement les grosses baguettes de cuisine sur lesquelles sont restés attachés quelques grains de riz, et pliée en deux elle s'approche de An.

— Ne bouge plus ! Ferme les yeux !

En disant ces mots, Mat tient les baguettes un peu au-dessus de la tête de An, puis elle les fait s'entrechoquer tout en marmonnant comme une incantation : « Proche ça sort, loin ça rentre... » Elle répète sept fois la formule magique et demande :

— Alors, ça a marché ?

An ne répond pas. Elle avale sa salive non sans peine, et au bout d'un moment :

— Ça va ! Mais c'est fini, je ne mange plus rien ce soir. Nous réchaufferons le reste demain.

Le dîner terminé, on remet un tronc de bambou dans le feu et on sort le bétel. An prend un morceau de noix d'arec et le tend à Mat.

— D'où sors-tu ces noix si fraîches ?

— Ce sont celles du mariage du fils Phan. Ils m'en ont mis plein les poches.

— Le fils Phan ?

— Il est venu te chercher pour le repas ; tu étais malade, tu n'as pas pu y aller... Tu ne t'en souviens pas ?

Maintenant, elles mâchent le bétel en silence. Le tronc sec s'embrase tout doucement ; la lueur des flammes, à la fois proche et comme lointaine, tremble dans leurs yeux ternis.

An se retourne vers Mat :

— Tu comptes faire combien de *banh chung* [1], cette année ?

— On en fera... mais pas trop ! Chaque année, il nous en reste et ils finissent par moisir.

— On en fera une trentaine.

— Oh là là... Il y en aura pour tout le village !

— Tout de même... Les enfants du village vont venir nous voir. Et puis, si jamais quelqu'un revenait ?

---

1. Gâteaux de riz gluant préparés traditionnellement pour le Têt. (*N.d.T.*)

Entendant ces mots, Mat lève lentement la tête. Ses yeux voilés se posent sur An un long moment et elle finit par demander dans un souffle :

— Qui ?

*

Bien des années plus tôt, par une nuit d'hiver semblable, juste avant le Têt, dans ce même appentis, deux jeunes femmes assises devant le feu discutaient joyeusement des *banh chung* qu'elles allaient préparer... Elles étaient alors très jeunes toutes les deux : à peine plus de vingt ans.

— Ils vont rentrer pour le Têt cette fois, c'est sûr, murmure Mat. Tu y crois aussi, An ?

— Oh oui ! je l'espère bien, dit An dans un souffle. Cette nuit, j'ai rêvé qu'un coq me picorait le doigt... Il y a des années qu'ils ne sont pas revenus pour le Têt...

— Moi, j'en suis malade d'attendre toujours...

— Si au moins nous avions un enfant... Ils pourraient bien revenir quand ça leur plairait !

— Oh ! An, s'écrie Mat, en se serrant contre son amie, moi aussi, il y a quelques jours, j'ai fait un rêve étrange. J'ai rêvé qu'il était revenu et la même nuit...

Mat s'arrête, elle rougit et ses yeux brillent de joie et d'effroi en même temps.

— Et alors ? gronde tendrement An, et alors, chère idiote ?

— La même nuit... J'ai rêvé que j'étais enceinte. À mon réveil, j'ai tâté mon ventre et je ne l'ai pas trouvé comme d'habitude. J'ai eu peur...

— Ne dis pas de bêtises !

— Mais c'est vrai... Aujourd'hui encore, je trouve mon ventre bizarre.

Elle saisit la main de An et la pose sur son ventre :

— Touche là... Qu'est-ce que tu en penses ?

An, curieuse, appuie sa main sur le ventre de Mat et au bout d'un instant, elle s'inquiète :

— C'est vrai... Dis-moi, ton mari n'est pas là... Tu n'as pas fait une bêtise au moins ?

— Quelle bêtise ?

— Tu ne te serais pas laissé séduire ?

— Quelle horreur ! Si j'avais fait une chose pareille, on me jetterait dans la rivière !

— Il faut que je te surveille... S'il t'arrivait quelque chose, il ne nous resterait plus qu'à fuir le village et à aller vivre dans la forêt.

Mat et An étaient orphelines toutes les deux. Quand elles se sont mariées, elles se sont installées sur cette langue de terre, et puis une nuit, leurs maris, paquetage sous le bras, ont passé le fleuve Day avec leur unité et ont pris la direction de la montagne Mieu Mon. Avant de partir, ils ont dit : « Il faut que vous habitiez ensemble toutes les deux. Pour le Têt, la guerre sera finie et nous serons de retour... » Et depuis ce jour-là, An et Mat vivent ensemble. Comme deux sœurs.

Quand approche le Têt, elles descendent dans le fleuve pour y laver les feuilles de bananier et le riz gluant. Le vent d'hiver un peu frais rosit leurs joues, et sur le fleuve que la saison sèche a rendu paisible, leurs rires clairs résonnent joyeusement. Les nuits où elles font cuire les *banh chung*, elles sont particulièrement excitées, et une douce chaleur les envahit... Quand les *banh chung* sont cuits, elles choisissent les plus beaux, les plus fermes, pour leurs maris.

Et puis les jours de fête passent. Très vite. Trop vite. Un beau matin, on n'entend plus les pétards et on aperçoit dans le ciel les étourneaux qui sont de retour. An et Mat ont fait recuire les *banh chung* dont les feuilles ont séché. Lorsque des traces vertes de moisissure apparaissent sur les bords de leurs gâteaux, elles perdent courage. Sans échanger un mot, elles pleurent toutes les deux... Et la nuit, quand elles sont allongées dos contre dos sur leur lit, on entend des soupirs étouffés.

— Tu dors, An ?

C'est toujours Mat qui finit par poser la question.

— Non ! répond An du fond de sa couverture.

— Pourquoi ils ne sont encore pas revenus cette année ?

— Dieu seul le sait. Ils sont peut-être en pleine opération...

— Demain, on fera encore recuire les *banh chung*, n'est-ce-pas ?

— À quoi bon ? Nous allons les manger.

— Mais on n'en viendra jamais à bout.

Et puis, elles s'endorment d'un sommeil léger... En mars, le vent qui vient du fleuve est plus doux et le parfum des alluvions peuple de songes les nuits des deux jeunes femmes. An revoit le coq à la crête rouge, à la poitrine large, aux ergots lisses comme de l'ivoire, qui lui picore le petit doigt. Mat retrouve ce même trouble inondé de bonheur et de crainte : le soldat est de retour et elle est enceinte.

Au réveil, troublée, elle tâte son ventre et elle s'inquiète, car elle le trouve bizarre...

Et voilà qu'au cours d'une des journées qui précèdent le Têt cette année-là, le mari de An surgit brusquement : les coups frappés à la porte ont réveillé Mat.

— Qu'est-ce que c'est ? Qui est là ?

— C'est moi ! C'est Bat !

— Mon Dieu ! s'écrie Mat grelottante, Bat ! Toi...

Elle a à peine entrouvert la porte que le soldat se précipite à l'intérieur de la maison et la serre contre lui...

— Bat... dit Mat troublée, c'est moi ! c'est Mat...

Les bras du soldat relâchent leur étreinte et pendent lamentablement le long de son corps.

— Mais où est An ?

— Elle est partie ce matin à Kim Boi avec les femmes du village pour acheter des feuilles de *dong* et des oranges que l'on vendra pour le Têt. Moi, je suis restée là pour garder la maison...

— Quand rentre-t-elle ?

— Demain sans doute. Et toi, quand dois-tu repartir ?

Bat, complètement hébété, reste figé sur place sans répondre, tandis que le vent froid qui vient du fleuve s'engouffre dans la petite maison.

— Entre donc, Bat ! Je vais allumer le feu pour que tu aies bien chaud.

Quelques instants plus tard, les flammes montent entre les branches de bois sec.

— Je te fais cuire du riz ?

— Merci. J'ai déjà mangé. Dis-moi : est-ce que An va rentrer avant que je reparte ?

— Elle aura un pressentiment et elle va rentrer, c'est sûr ! Mais pourquoi êtes-vous restés si longtemps sans donner de nouvelles ? Et mon mari ? Que lui est-il arrivé ?

— Après avoir passé le fleuve, nous sommes restés un mois ensemble, puis nous avons suivi chacun notre régiment. Actuellement il doit être à Bac Can ; tu n'as pas de nouvelles ?

— Non.

Mat est en larmes.

— Chaque année, pour le Têt, An et moi, nous vous attendons, chaque année nous préparons des *banh chung* pour vous...

— Il va y avoir une grande attaque. Mon unité se dirige vers le front de Ha Binh. Et ici, tout va bien pour vous ?

— Quoi qu'il arrive, nous nous en sortirons toujours toutes les deux ; notre seul souci, c'est vous. Vous qui êtes tout le temps en plein danger. Mais pourquoi tu n'as pas prévenu An que tu allais venir ?

— Mais Mat ! On est en pleine guerre et toi tu parles comme si...

Le vent souffle plus fort maintenant entre les feuilles de bananier. Le toit est tout trempé de rosée. Le feu somnole sur les braises...

— Repose-toi, dit Mat doucement ; il est déjà presque trois heures du matin.

— Va te coucher, toi ! Moi, je reste ici. Il va bientôt faire jour.

Mat ne répond pas. Silencieuse, elle regarde les braises qui scintillent comme autant d'étoiles... Si seulement An était là ! Comme elle serait heureuse. Et si seulement c'était mon mari à moi, ce soldat... À cette pensée, le sang lui bat aux tempes et son visage est en feu... Elle songe à ses rêves... Elle a envie de pleurer.

— C'est dur, tu sais, pour nous ici ! Si au moins nous avions un enfant, ce serait moins triste...

— La paix va bientôt revenir ! Nous rentrerons et nous vous ferons des enfants... plein d'enfants ! Vous crierez grâce...

Bat éclate d'un grand rire heureux en disant cela, et Mat rit avec lui, mais elle a des larmes plein les yeux...

La dernière flammèche s'est éteinte. Mat reste dans le noir et elle implore tout doucement :

— An ! Reviens vite… Bat est là qui t'attend… Je t'en supplie, reviens…

Le tronc de bambou est entièrement consumé… Les deux vieilles sont toujours là, silencieuses, assises avec leurs pauvres visages secs et ratatinés calés entre les genoux, sans expression aucune. Une souris à peine plus grosse qu'une noix de jaquier sort d'un trou, doucement elle grimpe sur le plateau, et tout à coup, elle saute dans un bol qu'elle renverse.

— Tu dors, Mat ?

— Non, je ne dors pas. Mat ouvre les yeux tout en mâchant le bétel qu'elle a encore dans la bouche. Le bétel m'a saoulée !

— Tu as bien fermé le poulailler ?

— Oui, j'ai donné de l'eau de chaux aux poules ; j'ai peur que le givre ne les rende malades.

— La femme de Phan nous a invitées pour le Têt. Elle dit que nous vivons comme deux ermites ici.

— À quoi bon ? On ne peut plus manger. Et puis il y aura leurs enfants, des parents en visite… Ils auront autre chose à faire que de s'occuper de nous. Oh ! Mon Dieu ! J'ai oublié mon panier avec la chemise que je lavais, cet après-midi.

— Tu perds encore plus la tête que moi !

— J'étais en train de laver, quand Mên qui arrosait son champ m'a interpellée. On a bavardé et puis je suis rentrée. Comme ça. J'ai tout oublié au bord de la rivière. Il faut que j'aille chercher mon panier…

— Non ! Avec la pluie, dans cette nuit noire, tu vas tomber. Un panier percé et une chemise rapiécée, personne ne va te les voler !

An comprend que Mat s'obstine et veut sortir ; elle prend un chapeau et le tend à son amie en lui recommandant :

— Marche lentement, fais attention à toi !

Le ciel est immense dans la nuit… Courbée en deux, Mat descend vers la rivière. Combien de fois l'a-t-elle fait, ce chemin ? Elle ne sait plus ; ses jambes le connaissent par cœur. Panier sous le bras, elle va rentrer lorsqu'un poisson saute, près du bord. Et ce bruit soudain dans la rivière ressuscite une petite chose imperceptible au fond de sa mémoire… Et alors, comme mû par une onde de choc, le cercle des souvenirs enfouis se propage à l'infini… Elle s'assied par terre et regarde le fleuve : c'est là qu'un jour, il y a bien des années, elle a accompagné son mari… C'est là aussi que cette nuit-là, elle a accompagné Bat… Cette longue nuit où il est revenu, où il n'a pas vu sa femme… Ils l'avaient attendue une journée entière et elle n'était pas rentrée. Tant et tant de souvenirs se sont brouillés, avec les années, mais une nuit comme cette nuit-là, ça s'accroche à la mémoire, ça ne s'oublie jamais…

Pendant toute la journée elle n'a pas cessé de courir vers la digue pour guetter au loin… Après le dîner, Bat lui a dit :

— Je partirai cette nuit. Demain, tu diras à An que je vais bien.

— Elle sera là demain matin, supplie Mat, attends demain soir pour repartir !

— Ce n'est pas possible : il faut que je sois au camp cette nuit.

Et vers neuf heures, Bat s'est mis en route. Mat l'a accompagné : maintenant, ils sont au bord du fleuve… Bat se retourne et pose ses mains sur les épaules de Mat ; ses doigts s'agrippent très fort. Mat tremble de froid, elle claque des dents...

— Je m'en vais, murmure le soldat, aimez-vous bien toutes les deux. Nous reviendrons bientôt, Ngu et moi...

An est arrivée une heure plus tard. Quand elle a frappé à la porte, Mat s'est remise à trembler. Elle pleurait :

— An ! Oh, An ! Bat... Bat est rentré !

— Où il est ? où il est ?

— Il est parti ! Il t'a attendue toute la nuit... Il vient de passer le fleuve.

La grande brassée de feuilles de *dong* et le panier d'oranges tombent sur le sol comme un homme qui s'écroule.

— Il y a longtemps ? Par où est-il parti ?

— Par notre point d'eau...

Mat saisit la main de An et l'entraîne en courant sur la langue de terre. Arrivée au bord du fleuve, An dégage sa main et s'élance dans l'eau.

— An ! Il est déjà loin... N'y va pas, An ! An !

Mat se laisse tomber sur le sable froid et humide ; le visage caché dans ses mains, elle pleure. Longtemps. Jusqu'au moment où elle entend dans l'eau des pas fatigués qui se rapprochent... Trempée, tremblante, An remonte ; elle titube, épuisée. Elles sont debout maintenant toutes les deux, l'une en face de l'autre. Elles s'enlacent brutalement et sanglotent. Un vent tiède souffle du fleuve à travers la lande vers la digue ; l'odeur âcre des jeunes herbes se répand déjà dans l'air.

L'année suivante, à l'approche du Têt, An et Mat ont à nouveau préparé des *banh chung*, mais encore une fois leurs soldats ne sont pas revenus... Elles ont fait recuire les gâteaux. Plusieurs fois. Et à chaque fois elles ont pleuré. Silencieusement.

Quelques années après l'indépendance, les autorités ont envoyé à Mat un message de condoléances... Mais tous les ans pour le Têt, elle a continué obstinément à préparer des *banh chung*. Dans ses rêves, elle voyait toujours son mari revenir, et au réveil elle tâtait son ventre : elle le trouvait bizarre. An lui a conseillé à plusieurs reprises de se remarier ; mais à chaque fois, Mat avait ce sourire étrange et cet air hébété de ceux qu'on a brutalement tirés d'un songe, et elle disait : Quand Bat sera revenu, quand il sera là avec toi, alors je me remarierai.

*

Ne voyant pas revenir son amie, An inquiète va jusqu'au sentier et appelle en direction du fleuve :

— Mat ! Hou ! hou ! Mat...

— J'arrive !

— Je t'avais bien dit de ne pas sortir comme cela dans la nuit. Tu es trop vieille pour ce genre de promenade !

Tout en grondant gentiment, An attend que Mat soit près d'elle et dit :

— Allons nous coucher ! J'ai mal au dos.

La petite maison paraît immense dans la nuit. Les deux femmes s'allongent dos contre dos. On n'entend plus par instants qu'un petit toussotement de l'une ou de l'autre.

— Tu mâches encore du bétel ? demande An.

— Tu ne voudrais tout de même pas que je le gaspille ?

— Tu en mâches trop. Tu n'as pas mal aux dents ?

Quelque part sous le toit, une souris trottine. Du côté des cercueils ce sont les grincements des termites qui commencent...

— Tu as les allumettes, Mat ?

— Oui. ! Mais qu'est-ce que tu veux encore fabriquer ?

— Je vais regarder les termites... S'ils continuent comme ça, nos cercueils seront en miettes le jour où nous mourrons.

— Ils sont dans le bois. Tu ne verras rien.

Mat donne quand même les allumettes à An qui allume la lampe et va éclairer les deux cercueils. Elle tend l'oreille pendant un moment puis elle frappe un petit coup sur le bois et, aussitôt, les grincements cessent... Elle attend encore un peu pour être sûre que les termites ne vont pas recommencer... Enfin, elle éteint la lampe et elle se recouche.

Juste avant l'aube, un vent de fin d'hiver encore frais, mais avec déjà cette odeur de printemps, s'engouffre dans la maison. Encore une fois, Mat voit en rêve son mari qui revient : le visage est bien net maintenant... Mais ce n'est pas le visage de son mari, c'est celui de Bat...

Au début de l'année 1960, An a reçu une lettre de Bat : leur Q. G. se trouvait à Quang Binh au bord d'un fleuve qui était, disait-il, aussi beau que celui de leur village. Mat était tout excitée :

— Vas-y, An ! Va le voir tout de suite ! Moi, je m'occuperai de tout ici.

Les jours suivants, An a lu et relu la lettre de Bat en pleurant et enfin, elle a décidé de partir le voir.

Mais hélas, le destin aime bien jouer des tours aux pauvres humains : quelques jours après le départ de An, voilà Bat qui arrive à la maison.

— Mon Dieu ! Bat... Tu as vu An ?

Mat a comme un sombre pressentiment.

— Elle est partie vers Quang Binh pour te retrouver...

— Me retrouver ? Mais quand ?

— Il y a trois jours...

Entendant cela, Bat est comme frappé par la foudre ; il reste sans voix pendant un long moment puis il murmure enfin :

— Mais c'est une folie ! Nous, les soldats, nous nous déplaçons sans arrêt ; on ne peut pas nous retrouver comme ça !

— Oh Bat ! Cette fois-ci il faut que tu l'attendes !

Elle pleure, Mat.

— Je ne te laisserai pas repartir sans l'avoir vue. Tu sais, Bat ?... Ngu, il est mort !

— Quoi ? Où ? Quand ?

— Il y a trois ans déjà que j'ai reçu la nouvelle.

— Je suis obligé de partir demain matin. Je m'en vais très loin cette fois-ci et peut-être pour longtemps, pour très longtemps.

— Non ! Tu vas l'attendre ! Et après tu t'en iras où tu voudras... Elle va en mourir, An, quand elle saura que tu es revenu et que tu es reparti...

— Mais non, Mat ! C'est impossible. Je dois repartir...

Et au petit matin Bat a repris la route. Encore une fois, Mat l'a accompagné jusqu'à la digue. Elle l'a serré dans ses bras et elle a éclaté en sanglots :

— Bat ! Oh Bat ! J'ai trop mal pour elle. J'ai mal pour toi. Et pour moi aussi. Si seulement Ngu était revenu une fois, une seule fois... Bat ? Pourquoi c'est toujours moi qui suis là quand tu reviens ? Et pourquoi c'est toujours toi qui reviens, et jamais Ngu ?

Bat n'arrive pas à prononcer une parole. Il serre Mat contre lui, et comme elle, il tremble de tous ses membres. Mat se dégage très vite et dit dans un souffle :

— Vas-y Bat ! Va-t-en maintenant !

Et elle se précipite vers la digue. Elle court et elle hurle le nom de An et le nom de son mari…

Bat, lui non plus, ne devait jamais revenir…

An et Mat ont quarante ans maintenant ; le soir elles descendent au bord du fleuve et elles pleurent. Puis revient le Têt… Et ensuite les vents tièdes du printemps soufflent sur la maison… C'est surtout pendant ces nuits qui précèdent le Têt qu'elles font des rêves étranges, où l'on entend le chant d'un coq et des coups frappés contre leur porte… Ces nuits où l'on respire l'odeur des feuilles de bananier et le parfum du riz gluant bien lavé…

Au fil des années, peu à peu, toutes les familles ont déménagé de l'autre côté de la digue, dans le cadre d'un réaménagement de la commune pour se protéger des crues ; mais toutes les deux, elles sont restées là : quelque chose de sacré, comme une immense douleur, les a accrochées pour jamais sur cette étroite langue de terre, dans cette petite chaumière…

— Hé Mat ! Tu rêves ou quoi ? Tu as crié…

— Hein ?… Oui… J'ai rêvé… Sans doute. Il fait jour ?

— Non, pas encore.

— Donne-moi les allumettes, dit Mat en se levant, et à tâtons elle cherche la lampe qu'elle allume. Un doux halo de lumière se répand dans la maison.

— Tu devrais te lever toi aussi, An !

— Non.

— Tu es vieille comme moi. À notre âge, on doit y aller souvent, sinon on fait au lit et ça sent mauvais…

— Mon Dieu ! An se retourne en pleurnichant avec un petit claquement des lèvres. C'est vrai que c'est comme ça la vieillesse ! Qui peut avoir envie de vivre ça ?

Et maintenant, de l'autre côté de la digue, les coqs du village entament leur concert matinal. Pour la seconde fois, les deux vieilles femmes se réveillent… Mat se remet à mastiquer le bétel qu'elle a gardé dans sa bouche toute la nuit.

— Combien tu comptes en faire, cette année ? dit Mat.

— On va demander à madame Phan de nous acheter des feuilles pour une trentaine… Nous deux, il ne nous en faut pas beaucoup… Mais si jamais quelqu'un revenait…

Mat, entendant ces mots, arrête de mâcher son bétel et penche la tête comme pour demander quelque chose à An… Mais finalement, elle ne dit rien.

Dehors les premiers vents du printemps soufflent, tièdes, palpitants… Ils pénètrent dans la chaumière.

Traduction : Dô Phuóng Mai

Table des matières

Dans la même collection :

32 Groupe de Bruges, *Agriculture, un tournant nécessaire*
33 Gérard Chaliand, *La marche têtue*
34 Edgard Pisani, *Pour une agriculture marchande et ménagère*
35 Bernard Kayser, *Ils ont choisi la campagne*
36 Hervé Vieillard-Baron, *Banlieue, ghetto impossible*
37 Zora Neale Hurston, *Spunk*
38 Daryush Shayegan, *Le regard mutilé*
39 Ali Erfan, *Le dernier poète du monde*
40 Jérôme et Jean Tharaud, *La fête arabe*
41 Sayd Bahodine Majrouh, *Le voyageur de minuit*
42 J.J. Phillips, *Mojo hand*
43 Juliette Minces, *La génération suivante*
44 Bernard Morel et Frédéric Rychen, *Le marché des drogues*
45 Aurélio Grimaldi, *Les putes*
46 Gao Xingjian, *La montagne de l'âme*
47 Louis Maspero, *Une île au bord du désert*
48 Christine de Montvalon, *Le dico du foot*
49 Ho Anh Thai, *L'île aux femmes*
50 Miles Franklin, *Ma brillante carrière*
51 Miles Franklin, *Le pays d'en haut*
52 Nguyên Huy Thiêp, *Conte d'amour un soir de pluie*
53 Mounsi, *La noce des fous*
54 Mounsi, *La cendre des villes*
55 Vu Bao, *Le héros qui pissait dans son froc*
56 Gao Xingjian, *Une canne à pêche pour mon grand-père*
57 Nguyên Quang Thiêu, *La petite marchande de vermicelles*
58 Nguyên Khac Truong, *Des fantômes et des hommes*
59 Gao Xingjian, *La raison d'être de la littérature*
60 Nguyên Quang Thiêu, *La fille du fleuve*

Chez le même éditeur, extrait du catalogue

A Cheng, *Perdre son chemin*
A Cheng, *Chroniques*
A Cheng, *Le roman et la vie*
Idriss Al' Amraoui, *Le paradis des femmes et l'enfer des chevaux*
Algérie, lettres des deux rives
Renaud Ambite, *Thérèse m'agaçait*
Kebir Ammi, *Thagaste*
Claude Andrieux, *Le mauvais œil*
Joshua Barkan, *Avant Hiroshima*
Treize écrivains tchèques, *Les Belles étrangères*
Karima Berger, *L'enfant des deux mondes*
Bernard-Alex, *Extr'aime violence*
Gianfranco Bettin, *L'héritier*
Gianfranco Bettin, *Pas même le destin*
Adam Biro, *Précis de musique charnelle*
Jorge Luis Borges, *Ultimes dialogues*
Jorge Luis Borges, *Nouveaux dialogues*
Jorge Luis Borges, *Borges en dialogue*
Alain Bosquet de Thoran, *Deux personnages sur un chemin de ronde*
J. M. Briceño Guerrero, *L'enfance d'un magicien*
J. M. Briceño Guerrero, *Discours sauvage*
J. M. Briceño Guerrero, *Discours des Lumières* suivi de *Discours des seigneurs*
Fernando Butazzoni, *Le tigre et la neige*
Tristan Cabral, *Le quatuor de Prague*
Jean-Pierre Cannet, *La lune chauve*
Karel Čapek, *L'année du jardinier*
Karel Čapek, *R.U.R.*, suivi de : *Le dossier Makropoulos* et *La maladie blanche*
Gérard Chaliand, *Anthologie de la poésie populaire kurde*
Gérard Chaliand, *Les voix du sacré*
Michelle Chanonat, *Passager clandestin*
Abed Charef, *Miloud, l'enfant d'Algérie*
Shalom Cohen, *Inchirah : une fille d'Alexandrie*
Hubert Delobette et Jean-Marc Egly, *Le rêve du papillon rouge*
Jean-Paul Demure, *Petites chroniques de nuit*
Bernard Desportes, *Nulle part, l'été*
Kosta Dimitrijevic, *La petite paysanne au trapèze volant*
Duong Thu Huong, *Histoire d'amour racontée avant l'aube*

Catherine Durandin, *La trahison*
Ali Erfan, *La route des infidèles*
Ali Erfan, *Le dernier poète du monde*
Ali Erfan, *Les damnées du paradis*
Ali Erfan, *La 602e nuit*
Miles Franklin, *Ma brillante carrière*
Miles Franklin, *Le pays d'en haut*
Luisa Futoransky, *Julia*
Raymond Galle, *La tristesse du veilleur de nuit*
Gao Xingjian, *La montagne de l'âme*
Gao Xingjian, *Une canne à pêche pour mon grand-père*
Gao Xingjian, *Le livre d'un homme seul*
Gao Xingjian et Denis Bourgeois, *Au plus près du réel*
Jean-Luc Gaulin, *Les arbres-locataires*
Mélina Gazsi, *L'armoire aux secrets*
Salima Ghezali, *Les amants de Shahrazade*
Allain Glykos, *Les résidences de l'inquiétude*
Virion Graçi, *Le paradis des fous*
Denis Guénoun, *Le pas*
Denis Guénoun, *Un conte d'Hoffmann*
Hubert Haddad, *Le chevalier Alouette*
Dimitris Hadzis, *Le testament du professeur*
Walter Hasenclever, *Côte d'Azur 1940: impossible asile*
Václav Havel, *L'anatomie du gag*
Václav Havel, *Lettres à Olga*
Václav Havel et Karel Hvížďala, *Interrogatoire à distance*
Václav Havel, *L'amour et la vérité doivent triompher de la haine et du mensonge*
Václav Havel, *Quelques mots sur la parole*
Václav Havel, *Méditations d'été*
Václav Havel et François Mitterrand, *Sur l'Europe*
Václav Havel, *Pour une politique post-moderne*
Václav Havel, *L'angoisse de la liberté*
Ho Anh Thai, *L'île aux femmes*
Ludwig Hohl, *Le petit cheval*
Hanna Johansen, *Retour à Oraibi*
Victor Hugo, *La légende du beau Pécopin et de la belle Bauldour*
Zora Neale Hurston, *Des pas dans la poussière*
Zora Neale Hurston, *Une femme noire*
Zora Neale Hurston, *Spunk*
Raymond Jean, *La leçon d'écriture*
Jean-François Josselin, *L'enfer et compagnie*

Béatrice de Jurquet, *Cour intérieure*
Julian Kawalec, *Au soleil*
Nina Kehayan, *Un soldat dans la neige*
Thomas Keneally, *Femme en mer intérieure*
Nikos Kokantzis, *Gioconda*
Sergio Kokis, *Le pavillon des miroirs*
Sergio Kokis, *Negão et Doralice*
Hanna Krall, *La sous-locataire*
Jane Lazarre, *Splendeur (et misères) de la maternité*
Mohamed Leftah, *Demoiselles de Numidie*
Nikolaï Leskov, *Le paon*
Bujar Luca, *Oniromancie*
Naguib Mahfouz, *Le voyageur à la malette*
Louis Maspero, *Une île au bord du désert*
Louis Maspero, *Une vie d'Antonia*
Betty Milan, *Le perroquet et le docteur*
Chrònis Mìssios, *Toi au moins, tu es mort avant*
Tirso de Molina, *Don Juan ou le baiseur de Séville*
Jacques Mondoloni, *Polichinelles dans le terroir*
Denis Montebello, *Moi, Petturon, prince celte*
Alberto Moravia, *Cosma et les brigands*
Mounsi, *Les jours infinis*
Mounsi, *La cendre des villes*
Mounsi, *La noce des fous*
Jiri Mucha, *Au seuil de la nuit*
Mudrooroo, *Le maître du rêve-fantôme*
Nam Cao, *Chi Phèo, paria casse-cou*
Vítezslav Nezval, *Rue Gît-le-Cœur*
Nguyên Huy Thiêp, *Un général à la retraite*
Nguyên Huy Thiêp, *Le cœur du tigre*
Nguyên Huy Thiêp, *La vengeance du loup*
Nguyên Huy Thiêp, *Conte d'amour un soir de pluie*
Nguyên Khac Truong, *Des fantômes et des hommes*
Nguyên Quang Thiêu *et alii*, *La fille du fleuve*
Nguyên Quang Thiêu, *La petite marchande de vermicelles*
Christine Ockrent, *Les uns et les autres*
Christine Ockrent, *Portraits d'ici et d'ailleurs*
Constantin Paoustovski, *La tanche d'or*
Victor Paskov, *Ballade pour Georg Henig*
Victor Paskov, *Allemagne, conte cruel*
Karel Pecka, *Passage*
Karel Pecka, *Le carré d'honneur*

Jean Pelchat, *La survie de Vincent Van Gogh*
Marie-Jeanne Perez, *Gouttes-de-sang*
J. J. Phillips, *Mojo Hand*
Négovan Rajic, *Les hommes-taupes*
Nikom Rayawa, *L'empailleur de rêves*
Catherine Revault, *Un figuier sous la neige*
H. H. Richardson, *Les chemins de raison*
Valerie Rusu (établi par), *Éloge du village roumain*
Ali Serghini, *La nuit par défaut*
Emilian Stanev, *L'antéchrist*
Yveline Stephan, *Elise B.*
Yveline Stephan, *Un voile rouge à la surface des choses*
Beat Sterchi, *La vache*
Idir Tas, *L'étoile des neiges*
Dominik Tatarka, *Une saison à Paris*
John Taylor, *Tower Park*
John Taylor, *Présence des choses passées*
Anton Pavlovitch Tchekhov, *La Cerisaie*
Rachida Titah, *Un ciel trop bleu*
To Hoai, *Les aventures de Grillon*
Frédérick Tristan, *La geste serpentine*
Frédérick Tristan, *L'atelier des rêves perdus*
Jean-Michel Valençon, *Noces d'ombre*
Vân Mai, *Gens du saule*
Maxime Vivas, *La bousculade*
Marisa Volpi, *La maison de la rue Tolmino*
Vu Bao *et alii*, *Le héros qui pissait dans son froc*
B. Wongar, *Raki, la corde de chanvre*
Xixi, *Une fille comme moi*
Martin Ziegler, *La suite des temps*
Martin Ziegler, *Duel, idylle, adresse*
XXᵉ siècle, mon amour
Stefan Zweig, *Le Brésil, terre d'avenir*
Kosovo dans la nuit

Achevé d'imprimer sur rotative
par l'imprimerie Darantiere à Dijon-Quetigny
en janvier 2001

pour le compte des éditions de l'Aube,
Le Moulin du Château, F-84240 La Tour d'Aigues.

Numéro d'édition : 571

Dépôt légal : février 2001
N° d'impression : 20-1448

Imprimé en France